Kintsugi,
Les Larmes Cachées

Sandrine Chamrion

Kintsugi,
Les Larmes Cachées

Roman

Édition : BoD – Books on Demand, info@bod.fr
Impression : BoD – Books on Demand, In de Tarpen 42,
Norderstedt (Allemagne)

Impression à la demande

Illustration Couverture : Sandrine Chamrion

ISBN : 978-2-3225-4135-5
Dépôt légal : Octobre 2023

De la même auteure :

« L'Appel de l'Inde »
        Carnet autobiographique – 2023
« Kintsugi, Les Larmes Cachées » Première
Edition
        Roman – 2023
« Petite Plume »
        Roman – 2024

Disponible chez :
- www.tandavashop.com
- www.bod.fr
- Amazon, Cultura, Fnac, Décitre, etc...

Chapitre 1

Refuge

Le temps commençait à se rafraîchir. Le vent se mit à souffler plus fort que lorsqu'elle avait décidé de venir se balader sur la plage, cette plage de son enfance, où elle avait passé tant de merveilleux moments. Il était peut-être temps de rentrer avant que ces gros nuages amoncelés au-dessus de la mer viennent la surprendre.

Fred pressa le pas, elle était seule à se promener aujourd'hui, comme bien souvent en cette période de l'année. Les estivants étaient partis depuis longtemps. Chaque été, ils étaient de plus en plus nombreux, rien à voir avec ses souvenirs d'enfance. Cette affluence n'était pas pour lui déplaire, mais elle avait toujours hâte de retrouver sa quiétude sauvage et pouvoir parcourir seule les immenses étendues dunaires. Ce lieu sauvage était depuis quelques années mis à l'honneur, des excursions et activités étant même organisées pendant les vacances scolaires. Cela lui permettait de faire des jolies rencontres, même si elles étaient presque toujours éphémères.

Alors qu'elle marchait dans le sable, le vent se renforça encore un peu et la fit sortir de ses pensées. Les nuages se rapprochaient, Fred savait comme la météo pouvait changer rapidement ici. Elle se camoufla alors la gorge et la tête, et remonta vite sur la berge. Elle traversa sans regarder l'ancien village de pêcheurs, dont elle avait bien connu certains habitants. Quel âge avait-elle à l'époque ? Deux ans certainement. Le chemin tout droit menant à Theven où elle habitait maintenant lui parut soudainement bien long. Encore quelques dizaines de mètres, puis elle passa devant les premières habitations. Elle arriva ensuite devant le champ où les chevaux venaient la saluer dès qu'ils l'apercevaient, mais Fred n'avait pas le temps de discuter avec eux aujourd'hui, quelques gouttes se faisant déjà sentir. L'angle de sa rue était enfin visible, Fred pressa un peu plus le pas et atteignit la petite maison. Elle s'y précipita, juste à temps, avant que la pluie ne commence réellement à tomber.

Cette maison était une ancienne bergerie, pas bien grande, mais très confortable, et surtout rassurante. Fred avait modifié quelque peu la disposition des pièces sans respecter les descriptions du propriétaire lors de l'état des lieux. La pièce à l'étage mansardé était devenue sa chambre avec un seul lit au lieu de la chambre double pour enfants. Une cloison japonaise lui permettait maintenant de pouvoir garder son intimité et surtout de dormir dans l'obscurité. Au rez-de-chaussée, le petit coin salon avait été remplacé par la table de la cuisine. La grande chambre s'était, elle, transformée en salon, avec un futon, une table basse, des coussins moelleux, une télévision. Ce confort sommaire lui suffisait amplement, elle avait enfin l'impression d'avoir trouvé son équilibre dans ce hameau du bout de la terre.

La vieille bouilloire commença à siffler, Fred avait choisi un chaï aujourd'hui, ce thé indien si revigorant. Quel plaisir de boire ce thé épicé réconfortant alors que la pluie battait les vitres des fenêtres. Elle ne savait pas encore comment elle allait occuper le reste de cet après-midi, lecture, télévision, poterie, tricot… Elle ne choisit rien pour le moment, préférant simplement continuer de savourer son thé.

Chapitre 2

Changement de vie

Cette cage d'escalier… Quelle odeur, quelle puanteur ! Elle était pourtant nettoyée toutes les semaines, mais c'était comme si la misère du lieu s'était transformée en crasse indélébile. Et cette résonnance qui la faisait se sentir encore plus petite, plus seule, plus vulnérable. Fred détestait cet endroit, ne comprenait pas pourquoi sa mère avait décidé de venir vivre dans cet appartement au travers duquel on entendait toute la vie des voisins. Sa maison lui manquait, pouvoir sortir jouer à la corde à sauter, à la balançoire… Son dernier jeu préféré était de « fabriquer » du lait en mélangeant de la terre avec de l'eau, Fred s'amusait alors à la vendeuse en transvasant le liquide dans de petites coupelles en plastiques ayant contenu auparavant des glaces. Elle vendait aussi des pommes, celles tombées des arbres bien alignés, que son arrière-grand-père avait plantés, mais qui n'intéressaient guère ses parents, ces pommes étant plutôt destinées à la confection du cidre.

Lorsqu'elle jouait ainsi, Fred était heureuse et insouciante. Comment aurait-elle pu se permettre d'aller jouer dehors dorénavant ? Depuis le divorce de ses parents, tout son petit monde d'enfant de dix ans s'était écroulé : quitter sa chambre, sa maison, ses voisins qui étaient aussi ses camarades de classe. Elle se retrouvait dans cet immeuble, en ville, habitant au quatrième étage sans ascenseur. Elle avait aussi dû changer d'école. L'arrivée au collège fut bien compliquée sans y connaître qui que ce soit. Elle essayait de jouer les grandes, comme sa mère le lui avait demandé, mais au fond d'elle, elle était effrayée. Le fait de sortir de l'appartement, descendre les quatre étages, croiser des voisins qui parlent fort, qui crient sur leurs enfants, lui faisait peur. Se retrouver dans le hall d'entrée, à devoir traverser l'attroupement d'adolescents, la paralysait, elle qui était une petite fille de la campagne assez solitaire. Ses amis lui manquaient, elle rêvait de pouvoir retourner dans son ancienne école, elle s'imaginait juste poursuivre son ancienne vie.

*

Une année s'était écoulée depuis que Fred habitait seule avec sa mère, elle avait réussi à s'habituer à sa nouvelle chambre et à cet appartement. Elle avait moins peur de descendre au bas de son immeuble, des « grands » l'avaient adoptée, elle était devenue leur petite protégée. Quand d'autres enfants commençaient à la taquiner du fait de sa grande timidité, deux adolescents, Franck et Marc, faisaient barrage et la protégeaient. Elle ne leur parlait pourtant pas, elle ne savait pas pourquoi ces « grands » qu'elle admirait tant, réagissaient ainsi avec elle.

*

Ce matin-là, Fred se préparait seule son petit déjeuner, comme à l'accoutumée. Sa mère était déjà partie travailler. Fred devait se dépêcher, elle avait traîné un peu trop au lit et il lui fallait récupérer son retard. Tant pis pour le petit-déjeuner incomplet et la toilette de chat, elle devait partir. Elle finit vite de s'habiller, mit son manteau, prit son cartable et sortit en trombe en claquant la porte derrière elle. Elle courut dans les escaliers et sortit de son bâtiment sans prêter attention à la femme de ménage qui commençait son travail dans le hall. Heureusement, le collège se situait à proximité, au milieu du quartier voisin.

Juste arrivée au collège, elle alla rejoindre son petit groupe d'amies. Elle n'avait pas encore de meilleure amie, elle rêvait secrètement d'avoir un jour cette confidente avec qui elle aurait tout partagé. Fred était plutôt la bonne copine, celle qu'on aime bien, mais que l'on oublie un peu parfois, son côté timide la laissant paraître quelque peu transparente.

Aujourd'hui, c'était le jour du résultat du devoir de maths. Fred s'inquiétait toujours un peu, car l'année dernière, l'apprentissage scolaire s'était avéré plus laborieux à cause de tous les chamboulements survenus dans sa jeune vie : changement de lieu d'habitation, changement d'école, perte de ses amis, disparition de son père… Son père… Qu'était-il devenu ? Pourquoi avait-il choisi de l'abandonner ? S'il l'avait voulu, il aurait pu la prendre chez lui les week-ends et la moitié des vacances scolaires, mais Fred avait attendu en vain des semaines entières, espérant qu'il refasse surface. Depuis le divorce de ses parents, elle ne l'avait plus revu. Sa mère avait donné une vague explication, il serait parti travailler à l'étranger, mais Fred n'y croyait pas vraiment.

Toutes ces complications l'avaient amenée à négliger l'école, et la 6ème fut une année bien difficile à surmonter. Mais elle s'était accrochée, avait essayé de combler son retard dans les matières où elle s'était trouvée en difficulté, notamment les mathématiques.

Au retentissement de la sonnerie, toutes les classes s'engouffrèrent dans les salles du collège, les couloirs redevenant tout à coup étrangement calmes. Fred rejoignit sa place, troisième et avant-dernière rangée, tout à gauche, collée à la fenêtre. Elle aimait cette place, qui lui permettait de temps en temps de s'évader en observant la vie extérieure. Elle aperçut un petit oiseau bleu se promenant en totale liberté, quelle chance avait-il de pouvoir faire ce qu'il voulait ! Le flot irrégulier des passants la fascinait aussi : où allaient-ils, avaient-ils de la famille, vivaient-ils seuls ? Une femme un peu âgée passait régulièrement, Fred s'imaginait alors la vie de cette femme. Tiens, aujourd'hui elle portait une jupe légèrement cintrée, combien de temps avait-elle mis pour se préparer de la sorte, si bien maquillée, si bien coiffée ? Un jour, Fred serait aussi bien apprêtée, comme cette femme qu'elle admirait, en tout cas l'espérait-elle.

Monsieur Guitton, son professeur de maths, la fit revenir brutalement à la réalité. Il s'approchait d'elle avec le résultat de son devoir… La boule au ventre arriva instantanément, son prof lui souriait pourtant, mais c'était plus fort qu'elle, elle n'arrivait pas à contrôler son stress.

« Frédérique, félicitations, tu progresses, continues comme ça ! »

Fred rougit immédiatement, ça aussi, c'était un véritable handicap, aucun contrôle là-dessus non plus… Elle regarda sa copie, 13/20 !! Elle n'en revenait pas ! Obtenir sa moyenne était tellement rare pour elle. Elle regarda son prof, toute surprise, qui lui renvoya un regard bienveillant. Elle le savait, elle ne lâchait pas ses efforts grâce à cet homme qui demeurait toujours gentil avec elle, même quand elle n'y arrivait pas. Il restait d'une patience infinie à lui expliquer les leçons en cours de soutien. Elle était tellement fière de sa note !

Le reste de la journée se déroula plus banalement, les cours s'enchaînant sans grand intérêt, mais Fred restait sur son petit nuage grâce à son exploit en maths.

Après les cours, elle regagna l'appartement familial, sa mère n'était pas encore arrivée de son travail. Fred arriva tout près de son bâtiment, espérant que Marc, le grand adolescent du cinquième étage, soit présent. Il lui adressait toujours un « bonjour » chaleureux, elle lui souriait toujours timidement en lui répondant à son tour un « bonjour » à peine audible. Aujourd'hui, il était là, décidément, cette journée était parfaite !

Fred appréciait particulièrement les moments calmes lorsqu'elle rentrait chez elle, jouissant de l'appartement pour elle seule. Elle mettait sa musique, faisait brûler de l'encens dans sa chambre, et se mettait à rêver… Elle essayait de se projeter plus tard, adulte, elle imaginait avoir son petit magasin, un peu comme celui où elle achetait ses vêtements, un tout petit magasin à la devanture rose, achalandé de trésors incroyables, des chemises blanches, des jupes bohémiennes, des petits boléros, des mini-sacs, une multitude d'encens, etc…

*

Le bruit du verrou la fit sursauter, sa mère rentrait enfin. Fred se précipita à sa rencontre, tenant fièrement son devoir de maths.

« Maman ! Regarde !! »

Fred tendit vivement la feuille où le beau 13/20 trônait, avec un tout aussi beau « Félicitations !! » juste en dessous.

La mère de Fred, Gisèle, semblait tellement fatiguée ce soir que Fred s'arrêta net, son entrain était retombé comme un soufflé. Mais Gisèle chassa son masque éreinté, vit le trophée tendu par sa fille, et éprouva une telle fierté qu'elle la serra très fort dans ses bras.

« Bravo ma petite Fred ! Comme je suis contente et fière de toi ! Tu es la meilleure ! »

Mère et fille restèrent un long moment à s'enlacer, comme il était bon de se réconforter mutuellement.

Gisèle avait vraiment vécu des moments angoissants depuis son divorce. Auparavant mère au foyer, il lui avait fallu trouver rapidement du travail, ses propres parents ne pouvant pas l'aider éternellement. Elle avait tout d'abord déniché quelques ménages à faire en entreprise, elle devait alors se lever à 4h30 du matin pour commencer son travail à 6h00. Elle était seule à nettoyer les bureaux d'employés qui arrivaient à partir de 8h30. Par la suite, elle allait aussi faire des ménages chez quelques particuliers. Mais tous ces différents emplois ne lui permettaient pas de vivre correctement avec sa fille.

Gisèle avait donc décidé de suivre une formation de secrétaire en parallèle, et venait de trouver un emploi au centre de radiographie, juste en centre-ville, Elle avait gardé les ménages en entreprise, qu'elle cumulait donc avec sa journée de secrétaire. Ses parents, qui avaient été de simples ouvriers, s'étaient endettés pour l'aider. Elle mettait un point d'honneur à pouvoir leur rembourser jusqu'au dernier centime tous les loyers qu'elle n'avait pas réussi à honorer.

Il était 18h20, elle venait tout juste de rentrer, et voir sa petite Fred lui tendre si fièrement son devoir, chassa sa fatigue. Les moments durs commençaient à être derrière elles, enfin !

« Pour fêter ta bonne note, est-ce que tu aimerais manger un bon gratin de pâtes avec du jambon ?

- Oh oui, mais sans le jambon !! Merci maman !! »

Fred adorait ce plat. La simplicité de ses goûts avait bien des fois arrangé Gisèle, faisant d'un simple plat de pâtes, qui revenait très souvent au tout début de leur aménagement dans cet appartement, un véritable festin.

Fred repartit en trottinant jusqu'à sa chambre, heureuse de cette journée ordinaire. L'insouciance de son enfance revenait petit à petit. Après l'excellent dîner, elles étaient restées toutes les deux devant la télévision, Fred à moitié couchée sur les genoux de sa mère, qui l'enlaçait chaleureusement de son bras, tout en lui caressant délicatement ses longs cheveux.

Ce soir-là, Fred alla se coucher le cœur léger, juste empli de la bienveillance de son prof, du sourire de Marc, et de l'amour inconditionnel de sa mère.

*

La vie continuait de s'écouler tranquillement, entre les cours du collège, les éclats de voix des voisins, et les vacances pendant lesquelles Fred s'ennuyait fortement dans l'appartement. Elle n'était toujours pas prête à rester en bas de l'immeuble, avec ces filles toutes peinturlurées, parlant et riant à outrance. Le seul avec qui elle parlait un peu était Marc. Ce garçon, de cinq ans son aîné, restait toujours très courtois et aimable, ne la brusquait pas. Quelques petites conversations tournaient généralement autour de l'école, Marc s'intéressant régulièrement aux difficultés et triomphes de Fred. En trois ans, elle avait bien progressé, surtout en maths, Physique et Chimie. Monsieur Guitton était maintenant son professeur principal, et en 3ème, elle avait enfin des notes au-dessus de la moyenne en Physique. Durant les trois premières années du collège, cette matière avait été catastrophique pour elle, et sa prof, Madame Gazou, ne l'avait pas aidée à l'aimer. La patience et la pédagogie de Monsieur Guitton avaient tout changé. La fin de ce premier trimestre était prometteuse pour le passage en seconde.

Il restait deux mois à Fred pour établir sa liste de vœux professionnels afin de définir la filière à suivre pour son Baccalauréat. Comme il lui était compliqué de se projeter sur son avenir professionnel alors qu'elle n'avait que quinze ans. Elle rêvait tellement de tenir une petite boutique… Seulement, pour cela, il fallait de l'argent à investir, donc trouver un travail et économiser… Elle cherchait déjà depuis plusieurs mois quelles études poursuivre, elle avait bien envisagé une école de commerce, mais elle savait pertinemment que sa mère ne pourrait pas subvenir à ces grosses dépenses. Fred avait également pensé à être assistante sociale. La fameuse série française « Pause Café » avait fait son œuvre sur elle. Fred se voyait bien aider les adolescents dans un lycée, elle était très admirative de ce lien social et de la popularité de cette héroïne fictive. Fred demeurait toujours rêveuse et naïve, sa mère lui disait souvent de grandir, de gagner en maturité, que la vie n'était pas aussi idéale.

L'arrivée au lycée fut plus facile que Fred ne l'avait espéré. En juin, elle avait passé son BEPC avec succès, son dossier scolaire était devenu très correct, tout le retard qu'elle avait pu accumuler en début de collège n'était qu'une histoire ancienne dorénavant. Fred éprouvait une telle reconnaissance envers son professeur préféré, Monsieur Guitton. Cet homme avait tellement fait pour elle, pas seulement pour son niveau scolaire, il lui avait également apporté un réel soutien humain après le divorce de ses parents. Fred avait eu l'impression que ce professeur l'avait prise sous son aile, et l'avait portée comme un père l'aurait fait, l'encourageant, insistant parfois lorsqu'elle voulait baisser les bras.

*

En ce premier jour de vacances de Noël, Fred descendit d'un pas léger, plus tard qu'à son habitude, jusqu'au hall de son immeuble pour chercher le courrier. Ce samedi midi, elle trouva quelques publicités dans la boîte aux lettres, prit la pile sans remarquer la lettre cachée en dessous. En remontant les escaliers, la lettre glissa et lui échappa des mains. En se penchant pour la ramasser, Fred fut déconcertée par cette enveloppe peu ordinaire, qui lui était adressée.

Sitôt entrée dans l'appartement, elle mit de côté les publicités et alla voir sa mère qui préparait le déjeuner.

« Maman, regarde, j'ai un courrier ! »

Sa mère se tourna, déroutée elle aussi, regarda le nom et l'adresse notée, et reconnut l'écriture de son ex-mari ! Gisèle prit peur, que voulait Joël tout à coup ? Il lui avait bien dit lors du divorce qu'il ne voulait plus les voir, ni elle, ni leur fille. Les souvenirs des premiers mois de séparation vinrent la frapper de plein fouet. Elle se rappelait comme cette époque s'était avérée rude.

Joël avait toujours refusé qu'elle travaille pendant leur mariage, lui répétant que sa place était à la maison, à s'occuper de leur fille, et de lui ! Cette période lui avait procuré une véritable frustration, mais à l'époque, elle n'avait pas eu d'autre choix que de se taire et courber le dos.

Gisèle avait enfin réussi à obtenir une stabilité financière avec ses deux emplois, elle pensait avoir réussi à offrir à sa fille un foyer aimant et serein, même si c'était dans cet immeuble qu'elle n'avait pas pu refuser. Elle se sacrifiait depuis toutes ces années, travaillant dur, essayant de mettre de l'argent de côté maintenant qu'elle avait réussi à rembourser tout l'argent que ses parents lui avaient prêté. Elle envisageait même de réserver une surprise à Fred pour les vacances d'été, elles n'avaient pas pu partir en vacances depuis leur arrivée dans leur appartement, et Gisèle comptait bien en profiter cette année.

Cette étrange lettre venait bousculer Gisèle, elle n'avait pas compris l'abandon de Joël envers Fred, que lui voulait-il donc maintenant ?

« C'est une lettre de ton père ma petite Fred, je reconnais son écriture. »

*

La phrase de sa mère lui fit l'effet d'un coup de couteau en plein cœur. De nombreuses questions se bousculaient tout à coup dans sa tête : pourquoi lui écrivait-il maintenant, après cinq ans de silence complet ? Etait-il revenu en France ? Depuis quand ? Etait-il malade, lui était-il arrivé quelque chose de grave ? Quelle avait été sa vie durant ces dernières années ?

Depuis le divorce de ses parents, sa mère lui avait répété à plusieurs reprises qu'il était parti vivre à l'étranger, mais, même pendant les vacances scolaires, aucune nouvelle, jamais de courrier, jamais d'appels téléphoniques. Lorsqu'elle était plus jeune, Fred demandait régulièrement à sa mère pourquoi son père travaillait autant, pourquoi il ne pouvait pas revenir en France pour venir la voir. En grandissant, elle avait bien compris que sa mère n'avait pas plus d'informations qu'elle. Au fil de ces cinq ans passés, ses questions s'étaient peu à peu espacées, pour finalement cesser.

Elle avait envie d'ouvrir cette lettre mystérieuse, tout en redoutant son contenu.

« Qu'est-ce que je fais maman, je l'ouvre ? Tu crois qu'il me veut quoi ?

- Viens, on va aller s'asseoir dans le salon, et tu pourras l'ouvrir si tu le veux. »

Gisèle coupa la gazinière, et se dirigea avec Fred dans la petite pièce en face. Elles devinrent toutes les deux fébriles tout à coup.

« Regarde maman, le cachet de la Poste ! La lettre a été envoyée hier, et de Saint-Nazaire ! Papa est revenu ici ? Tu étais au courant ?

- Comment ça, c'est posté d'ici ?? Fais voir !! »

Gisèle saisit la lettre, plus fort qu'elle ne l'aurait pensé. Elle tremblait en constatant que cette information était exacte. Joël était donc là, pas loin. Elle aussi se demandait s'il était revenu récemment ou non. Gisèle redonna la lettre à sa fille.

« Ouvre-là s'il te plaît, il faut qu'on sache ce qu'il veut. »

Fred obéit à sa mère, voyant bien que celle-ci était encore plus chamboulée qu'elle. La lettre tenait sur une seule page, elle remarqua en premier la signature « Ton papa qui t'aime plus que tout ». Rien que cette signature lui donna mal au ventre, sa gorge se resserra encore davantage quand elle commença à lire silencieusement.

« Ma chère Frédérique,

Cela fait bien longtemps que je ne t'ai pas vue, tu m'as tellement manqué durant ces derniers temps…

J'espère que tu vas bien, que l'école te plaît, et que tu as beaucoup d'amis.

Cela fait un petit moment que je pense à t'écrire car j'ai une nouvelle qui va certainement te faire plaisir. J'attendais le bon moment pour te l'annoncer, tu dois avoir treize ans maintenant, tu es donc en âge de comprendre les choses de la vie.

Lorsque j'ai quitté ta maman, j'avais déjà rencontré une autre femme. Je me suis remarié et nous avons eu un petit garçon ! Il s'appelle Diego et a maintenant trois ans, je serais vraiment heureux que tu puisses connaître ton petit frère !

Comme aujourd'hui est le premier jour des vacances de Noël, j'ai pensé que c'était l'occasion idéale pour que l'on se retrouve enfin en famille.

Je viendrai donc te chercher mercredi prochain vers 15h00 pour que nous puissions passer le réveillon et le jour de Noël ensemble.

J'ai hâte de te revoir !

Ton papa qui t'aime plus que tout »

Fred et sa mère se regardèrent, effarées par ce qu'elles venaient de lire. Après cinq ans, son père refaisait surface sans crier gare, et agissait comme si de rien n'était.

« Qu'est-ce je vais faire ? Je n'ai pas envie d'aller voir papa comme ça, je ne connais pas sa femme, d'ailleurs, tu étais au courant qu'il voyait quelqu'un d'autre ? Et puis, ce frère… Tu te rends compte, papa ne sait même pas quel âge j'ai, il croit que j'ai treize ans ! Je veux passer Noël avec toi, pas avec lui !!

- Je sais ma fille, on va passer Noël ensemble, ne t'inquiète pas. »

Gisèle enlaça fort sa fille. Elle était apeurée par ce qu'elle venait d'apprendre. Voilà enfin la raison de son divorce. Joël, à l'époque, lui avait tenu un discours tellement différent, lui annonçant simplement qu'il avait besoin de se retrouver, qu'il ne se reconnaissait plus, qu'il était malheureux. Elle l'avait toujours trouvé lâche et égoïste, mais là, ses aveux dépassaient tout ce qu'elle avait pu imaginer. D'après ce qu'elle comprenait à travers cette lettre, Joël n'avait jamais quitté Saint-Nazaire, il habitait peut-être même tout proche depuis tout ce temps sans qu'elle le sut.

La colère qu'elle commençait à ressentir pour son ex-mari prit le dessus sur la peur. Comment avait-il pu leur faire ça à elle et sa fille ? Il avait refait sa vie sans se soucier le moins du monde de Fred, et maintenant, il voulait la récupérer, quel monstre !

« Fred, il faut qu'on parle toutes les deux, je vais te raconter comment le divorce d'avec ton père s'est passé… »

*

Confrontée au récit de sa mère, Fred fut effondrée. Elle comprit dans quelle situation chaotique les avait plongées son père, comment sa mère avait dû se battre pour construire l'équilibre qu'elles avaient dorénavant, comment son père les avait lâchement abandonnées… Elle était choquée qu'il n'ait pris aucune nouvelle d'elle durant toutes ces années, alors qu'il habitait non loin. Elle éprouva une profonde aversion envers cet homme, ce père qu'elle avait toujours espéré retrouver un jour. Le vide qu'il avait laissé l'avait souvent ébranlée, elle se réconfortait souvent en se disant que ce n'était certainement pas sa faute s'il ne venait pas la voir, qu'il était trop loin. Toutes ces excuses qu'elle lui avait trouvées, toutes ces interrogations durant de si nombreuses nuits, toutes ces angoisses et ces remises en questions inutiles…

« Qu'est-ce qu'on va faire maman pour Noël ? Je ne veux même pas le voir !

- On a trois jours pour trouver une solution, je vais réfléchir… Bon, j'avais commencé à cuisiner, je n'ai plus trop faim, mais si tu veux, on va se faire un petit-encas, ça te dit ?

- Oui, merci maman, je vais venir t'aider. »

*

Gisèle ne dormit que quelques courts instants cette nuit-là, il fallait absolument qu'elle trouve comment garder sa fille avec elle à Noël.

Lundi, elle allait téléphoner à l'avocate en charge de son divorce, pour lui demander si Joël avait le droit de refaire surface de la sorte après cinq ans de silence total.

Ensuite, pour être sûre de ne pas mettre à mal sa fille, elle pensait aller passer Noël en dehors de son appartement, mais où ? Elle avait bien pensé à ses parents, mais Joël connaissait l'adresse, et Gisèle ne voulait surtout pas qu'un esclandre survienne chez eux, surtout en cette période de fêtes.

Elle avait bien pensé à la possibilité de s'éloigner davantage, comme avancer la surprise pour Fred de partir en vacances, mais elle n'avait pas encore réuni assez d'argent pour cela. Décidément, cet homme lui avait bien gâché la vie, et continuait de le faire alors qu'elle se croyait tranquille dorénavant.

*

Fred ne dormit pas beaucoup plus que sa mère, un véritable séisme venait de s'abattre sur elle. Elle avait passé une bonne partie de la nuit à se poser une multitude de questions sur son père, sa nouvelle famille, sa belle-mère. Comment cette femme pouvait-elle accepter d'avoir un enfant avec un homme qui avait abandonné sa fille de dix ans ? Elle avait aussi pensé à sa mère et compris combien elle avait dû se battre pour se sortir de la situation dans laquelle son père les avait plongées : femme seule avec une enfant à charge, sans travail, sans logement. Heureusement que ses grands-parents avaient été là. Ils étaient tellement gentils, Fred savait qu'ils n'avaient pas eu beaucoup de revenus, leur retraite devait être bien maigre également. Jamais ils ne se plaignaient, au contraire, ils étaient toujours présents pour Fred et sa mère.

Fred n'arrivait pas à réfléchir à ce qui pourrait arriver si son père venait réellement la chercher mercredi, peut-être qu'il bluffait ?

Ce dimanche matin, sa mère lui prépara une liste de courses et lui demanda d'aller à la petite supérette du quartier juste après son petit-déjeuner. Fred n'en avait pas du tout envie, mais elle avait bien remarqué les traits tirés de sa mère. Elle obéit sans rechigner, descendit les quatre étages d'une lenteur inhabituelle. Marc, la rejoignit au niveau du troisième étage.

« Hello miss, comment vas-tu aujourd'hui ?

- Bonjour, ça va…

- Qu'est-ce qui se passe ? C'est bien la première fois que je te vois sans énergie, ça va ???? »

Fred se tourna vers Marc, les larmes aux yeux.

« Non, ça va pas, mon père m'a écrit hier, c'est un beau salaud !

- Je ne savais pas que ton père était vivant, je pensais que ta mère était veuve.

- Je dois aller faire quelques courses, excuse-moi.

- Je t'accompagne. »

*

Gisèle regardait régulièrement par la fenêtre voir si sa fille était bien sur le chemin de la supérette, mais elle commençait à s'inquiéter car Fred aurait déjà dû être visible. Soudain, Gisèle pensa à son ex-mari, Joël, serait-il capable de venir voir Fred à l'improviste ? Gisèle prit peur d'avoir envoyé sa fille faire les courses ce matin, quand soudain, elle l'aperçut en compagnie de Marc, ce gentil jeune homme qui habitait au-dessus de chez elle. Elle fut tellement soulagée que Marc soit aux côtés de Fred aujourd'hui.

Parmi tous les voisins, Gisèle appréciait beaucoup cette famille, les parents de Marc étaient des gens discrets, polis et très serviables. Ils avaient trois enfants, deux garçons et une fille. Cette famille ne faisait pas partie des clichés de la population habituelle des logements sociaux, peut-être avaient-ils vécu des accidents de parcours de vie, et n'avaient peut-être pas eu le choix que d'emménager dans ce bâtiment, comme elle.

*

Fred avait vraiment des difficultés à se concentrer sur la liste de courses, elle n'arrivait pas à retrouver son chemin dans cette supérette qu'elle connaissait pourtant si bien. Marc, la voyant perdue, lui prit la liste des mains, et commença à se diriger vers le premier rayon concerné. Fred ne réagit pas, alors Marc la prit par la main et lui parla doucement.

« Viens avec moi, je me charge de tes courses. »

Fred se laissa guider, ce contact direct avec Marc la rassura. Elle lâcha un peu la pression et se détendit légèrement.

Une fois les courses payées, ils repartirent tous les deux vers leur bâtiment, Fred se montra alors un peu plus souriante. La présence de Marc se révéla être une véritable bénédiction ce jour-là, juste ce dont Fred avait besoin, tout simplement.

Pendant la montée des escaliers de leur bâtiment, Marc osa poser quelques questions. Il avait peur de brusquer à nouveau Fred, mais il lui était impossible de la laisser dans un tel état de stress. Il s'inquiétait beaucoup pour elle, et ce, depuis le premier jour où il l'avait vue emménager. Elle était alors une petite enfant, sa timidité transpirait tellement. Marc avait pris instinctivement la décision de la protéger de ces jeunes en manque d'un souffre-douleur à harceler.

« Est-ce que tu veux venir chez moi cet après-midi pour me raconter ce qui s'est passé avec ton père ? »

Fred fut très surprise par cette question, et bredouilla une réponse à peine audible.

« Euh… Je… Je sais pas…

- T'inquiète pas, mon frère ne sera pas là, et ma sœur sera dans sa chambre avec une copine. Mes parents te connaissent et seront contents de te voir. Je t'attends après manger, d'accord ?

- D'accord. »

Ils venaient d'arriver devant la porte d'entrée de Fred, Marc lui reprit alors la main et l'embrassa sur la joue. Fred rougit immédiatement, Marc lui sourit tellement avec bienveillance qu'elle ne se sentit pas autant gênée que d'habitude.

« A tout à l'heure, alors, et si tu ne viens pas, je viendrais te chercher. »

Fred resta devant la porte, regardant Marc monter à son étage, avec un sourire béat sur le visage.

*

Fred venait de finir de manger, elle ne savait pas comment annoncer à sa mère que Marc lui avait demandé de venir chez lui. C'était bien la première fois qu'elle allait quitter son appartement pour rejoindre un ami. Elle avait vécu une vie solitaire, entourée seulement de sa mère. Ses relations amicales s'arrêtaient aux grilles du collège.

Elle prit son courage à deux mains et raconta à sa mère la rencontre du matin avec Marc, et son invitation.

Gisèle fut ravie que ce jeune homme propose à sa fille de se confier. Elle voyait bien que Fred n'osait pas trop poser de questions, de peur de la blesser. Une oreille attentive comme celle de Marc était la bienvenue.

Ayant obtenu l'aval de sa mère avec une aisance déconcertante, Fred monta alors au dernier étage et se retrouva devant la porte de l'appartement où vivait Marc. Elle n'était jamais venue jusqu'ici.

Soudain, elle se demanda si elle avait eu raison de monter. Comment allait se passer ce rendez-vous, par quoi allait-elle commencer pour expliquer la situation avec son père ? Elle qui gardait toutes ses émotions fut apeurée de frapper à la porte. Ses mains étaient moites, son cœur battait à tout rompre, rarement Fred n'avait été aussi stressée.

A peine après avoir frappé à la porte, la petite sœur de Marc, Sophia, lui ouvrit. Sophia était en fait deux ans plus âgée que Fred, Marc était le deuxième de la fratrie, venait ensuite l'aîné, Eric, qui avait vingt-trois ans.

« Coucou Fred, vas-y, entre, Marc t'attend. Moi j'attends ma copine. »

Au moins tout le monde savait que Fred devait venir, elle qui avait toujours peur de déranger. Les parents de Marc l'accueillirent très chaleureusement, ce qui la toucha. Marc vint alors à sa rencontre.

« Tu es venue, c'est bien, j'avais peur que tu n'oses pas. Viens, on va s'installer dans le petit salon, suis-moi. »

L'appartement était plus grand que le sien, le petit salon était à l'origine une chambre que Madame et Monsieur Simon avaient décidé de réserver à leurs enfants. Les deux garçons dormaient dans la même chambre, Sophia avait sa propre chambre, tout le monde avait accepté ce choix. Les parents bénéficiaient alors de leur propre salon et de leur propre télévision, et les enfants des leurs. Fred était très impressionnée par cette répartition, ce modèle familial était pour elle inimaginable jusqu'à présent. Elle avait connu une certaine harmonie familiale, qui lui semblait dorénavant si lointaine et presque irréelle. Une pointe de nostalgie vint soudainement l'envahir.

Marc la laissa s'installer dans le canapé et revint avec un jus de fruit, puis s'assit tout près d'elle. C'était la deuxième fois depuis que Fred habitait cet immeuble qu'ils se trouvaient tous deux aussi proches, seuls mais ensemble, et ce dans la même journée. Il n'y avait plus cette ribambelle de voisins et leurs rejetons les séparant, comme dans le hall d'immeuble où ils avaient l'habitude de se voir.

Fred était encore stressée de se retrouver ainsi dans l'intimité de Marc, mais était aussi contente de pouvoir profiter de ce garçon pour qui elle avait développé une réelle affection. Au début de son arrivée dans l'immeuble, elle avait été soulagée de la protection inattendue de Marc et son meilleur ami Franck. Au fur et à mesure, la petite fille devenue adolescente ne regardait plus Marc tout à fait comme autrefois. Jamais elle n'aurait avoué avoir des sentiments pour lui, Marc étant maintenant majeur. Pour Fred, il était impossible que ses sentiments soient réciproques, que Marc puisse s'intéresser à une « gamine » de cinq ans sa cadette.

« Alors, comment vas-tu maintenant ? Mieux que ce matin ?

- Un peu mieux, oui, merci.

- Est-ce que tu veux me parler de la lettre de ton père ? Ça fait combien de temps que tu ne l'as pas vu ?

- Ça fait cinq ans, depuis le divorce de mes parents. Jamais il ne m'a donné de nouvelles, et là, il m'écrit pour me dire qu'il vient me chercher pour qu'on passe Noël en famille, avec mon petit frère ! Ah oui ! Je viens d'apprendre que j'ai un frère de trois ans !! »

La colère revenait, avec des sanglots dans la voix, c'était plus fort qu'elle, elle n'arrivait pas à se contrôler. Les larmes commençaient également à lui monter aux yeux, alors Marc s'approcha tout près et la prit dans ses bras, la serrant avec tant de bienveillance que Fred lâcha tout et se mit à pleurer. Marc lui caressa tranquillement sa longue chevelure, lui murmura doucement :

« Vas-y, pleure… Je suis là, t'inquiète pas… »

Ils restèrent tous les deux ainsi un long moment, Fred étant incapable de s'arrêter de pleurer, Marc la réconfortant si doucement. Fred s'abandonna peu à peu dans ses bras. Ce moment intense lui procurait une telle libération. Elle se plaquait davantage contre lui maintenant, alors les sanglots commencèrent peu à peu à s'espacer. L'étreinte de Marc ne faiblit pas, il la serra encore plus fort. Le temps était comme suspendu, Fred ne cherchait pas à partir, au contraire, elle se réfugiait encore plus près de lui. Elle commençait à se calmer mais ne souhaitait pas partir. C'était la première fois pour elle qu'elle s'abandonnait, se confiait de la sorte.

Fred décida de tout raconter à Marc, le divorce de ses parents, les mensonges de son père faisant croire qu'il travaillait à l'étranger, alors qu'en fait il avait une maîtresse et avait tout simplement décidé de refaire sa vie, abandonnant femme et enfant. Fred évoqua également les questions qu'elle avait pu se poser toutes ces années sans son père, à même s'inquiéter pour lui, et puis cette fameuse lettre, qui était arrivée subitement.

Fred expliqua aussi la détresse de sa mère, avec les difficultés financières, les galères, la reconstruction, et maintenant la destruction à nouveau, avec cette peur que Joël ne vienne effectivement chercher Fred mercredi.

Elle expliqua son plus grand mépris pour cet homme qui l'avait trahie, elle, mais aussi sa mère. Elle ne savait pas comment sa mère allait gérer cette situation pour qu'elles puissent passer Noël ensemble. Pour Fred, il était inconcevable de laisser sa mère passer le réveillon et le jour de Noël seule.

Une fois que Fred eut vidé son sac, Marc l'avait laissée parler sans l'interrompre, elle resta un long moment silencieuse, toujours dans les bras de son protecteur. Marc continuait de caresser doucement ses cheveux. Ce geste l'apaisait, elle n'aurait jamais imaginé être aussi bien dans les bras de quelqu'un.

« Est-ce que tu m'autorises à parler de tout ça à mes parents ? Il faut qu'on trouve une solution, mercredi va vite venir... »

Fred se releva brusquement.

« Qu'est-ce qu'on peut faire ? Il faudrait qu'on se cache, qu'on parte loin…

- Je ne sais pas encore ce qu'on peut faire, mais en y réfléchissant à plusieurs, on va trouver une solution.

- Ok, si tu veux en parler à ta famille, vas-y… Merci beaucoup, tu es vraiment gentil avec moi, et depuis toujours. »

Marc se sentit tout à coup intimidé. Cette gamine, devenue jeune femme, l'impressionnait, elle dégageait une aura spéciale, elle ne ressemblait pas aux autres filles du quartier, Fred était vraiment à part. Il savait qu'elle lui plaisait, et ce, depuis longtemps, et il appréciait se retrouver avec elle aujourd'hui, malgré ses ennuis.

Fred et Marc passèrent le reste de l'après-midi ensemble dans ce petit salon, à regarder la télévision, quelques fois, l'un contre l'autre. Cette complicité et cette affection naissantes leur procuraient à eux deux une chaleur réconfortante, ils étaient tout simplement à l'aise l'un avec l'autre.

A l'heure du goûter, Madame Simon vint leur apporter une part de cake à la pistache qu'elle avait préparé juste après le déjeuner. Elle remarqua les yeux rougis de Fred, et s'abstint donc de leur demander de venir les rejoindre dans le grand salon. Madame Simon aimait bien cette petite, qu'elle voyait grandir, s'affirmer, tout en restant effacée. Elle avait bien remarqué les signes des difficultés que voulait cacher sa mère à leur arrivée dans l'immeuble. Madame Simon avait ressenti dès le départ un profond respect pour cette femme se battant seule pour élever du mieux possible sa fille.

Le soir venu, il était temps pour Fred de rejoindre sa mère un étage plus bas. Marc proposa de la raccompagner à sa porte, invitation que Fred accepta avec joie. Après avoir remercié Monsieur et Madame Simon pour leur accueil, Fred et Marc descendirent tranquillement les quelques marches qui séparaient les deux appartements.

« Merci, Marc, de m'avoir écoutée… Et merci pour cet après-midi, c'était vraiment bien ! »

Marc l'enlaça alors, lui porta un baiser sur le front, la serra fort contre son cœur, et lui murmura :

« Viens quand tu veux, je serai toujours là pour toi. »

Les yeux de Fred avaient dégonflé, ils n'étaient plus rougis par les pleurs, pétillaient à présent de réconfort et de reconnaissance. Elle se blottit à nouveau plus fort contre la poitrine de Marc, comme elle était bien en sa compagnie.

*

Lorsque Fred rentra dans son appartement, son cœur s'était allégé grâce à Marc. Elle portait ce doux sourire lorsqu'elle aperçut sa mère en robe de chambre.

« Ça va maman ?

- Oui, j'ai dormi cet après-midi, ça m'a fait du bien. Et toi, ça a été chez les Simon ?

- Oui, j'ai parlé de la lettre de mon père et de ses projets pour Noël, Marc m'a demandé l'autorisation d'en parler à ses parents, j'espère que ça ne te dérange pas. Il m'a dit qu'ils vont essayer de trouver une solution…

- Ah ? Tu sais, j'ai beau réfléchir, je ne sais pas comment on peut échapper à la venue de ton père mercredi, à moins de se cacher…

- S'il n'y a pas d'autre choix, je l'affronterai et je lui dirai ce que je pense de lui !!

- Je préférerai qu'on puisse passer un Noël calme et agréable, je n'ai pas envie que ton père vienne gâcher ces bons moments. »

*

Le lendemain matin, Fred se réveilla tard, Gisèle était déjà partie au travail depuis bien longtemps. Voir sa mère torturée à ce point, se lever si tôt pour travailler, enchaîner ses deux emplois, agaçait profondément Fred. Elle était si triste et se sentait si impuissante face à cette situation. Fred avait parfaitement conscience que la vie tranquille qu'elle vivait, était du seul fait de sa mère, que celle-ci assumait tout. Fred la trouvait bien courageuse.

Juste avant le déjeuner, elle alla chercher le courrier. Elle trouva une feuille pliée en quatre, avec écrit dessus « De la part de Marc et ses parents ». Fred prit la feuille et remonta bien vite la lire dans sa chambre.

*

Lorsque sa mère revint du travail ce soir-là, Fred l'attendait toute joyeuse devant la porte d'entrée, toute droite, les mains dans le dos. Gisèle pouvait sentir son empressement.

« Bonjour, qu'est-ce qui se passe ?

- Bonjour maman !! Viens voir quelque chose !! »

Fred prit sa mère par la main, la précipita dans le salon, lui montra la feuille posée sur la table du salon, feuille qu'elle avait récupérée dans la boîte aux lettres le midi même.

« Qu'est-ce que c'est ?

- Lis !!! »

Malgré son impatience, Fred laissa sa mère retirer son manteau et poser son sac.

Gisèle s'assit sur le canapé et commença à lire.

« Je ne comprends pas…

- Viens, on va les voir, ils ont dit de venir dès que tu rentres !

- Mais… mais…

- Allez, viens ! »

Fred reprit sa mère par la main, l'aida à se lever, et l'emmena jusqu'à la porte. Gisèle restait toujours surprise, sans réussir à comprendre ce qui se passait réellement.

Fred et sa mère montèrent jusqu'à l'étage supérieur, devant la porte de Monsieur et Madame Simon. Ce fut Marc qui vint leur ouvrir la porte. Lui aussi était tout souriant, il les fit entrer, fit une bise à Fred, serra la main de Gisèle, et les invita à passer dans le grand salon.

Sur la table basse, un plateau avec des verres, jus de fruits, alcools, petits gâteaux apéritifs, étaient présents. Monsieur et Madame Simon se levèrent et vinrent chaleureusement les accueillir.

« Vous avez eu notre mot, Marc l'a laissé dans votre boîte aux lettres ce matin, lorsqu'il est parti travailler. Il avait peur de réveiller Fred s'il venait vous l'apporter directement. »

Gisèle restait sans réaction, comme sonnée.

« Asseyez-vous, je vous en prie. »

Gisèle prit place dans le fauteuil, en face du canapé, Fred alla s'asseoir à côté de Marc, qui lui prit la main.

« Comme nous l'avons dit dans la lettre, votre histoire nous touche beaucoup. Nous sommes voisins depuis plusieurs années maintenant et nous vous apprécions beaucoup.

« Après le départ de Frédérique hier, Marc est venu nous raconter ce qui se passait avec son père. Nous avons beaucoup parlé, et nous avons une solution à vous proposer, j'espère de tout cœur que vous accepterez.

« Comme votre ancien mari veut venir chercher Frédérique de force mercredi, nous aimerions qu'elle vienne chez nous dès le matin, si vous travaillez. Si vous ne travaillez pas, vous viendrez avec elle.

« Nous serions ravis de préparer et passer le réveillon et le jour de Noël avec vous !! Votre ancien mari ne pourra pas deviner que vous serez ici, un étage plus haut.

« Bien sûr, vous pourrez rester dormir ici la nuit de Noël, comme ça, aucune crainte de croiser votre ex-mari. »

Fred regarda Marc, toute heureuse de cette proposition. Gisèle, quant à elle, demeurait toujours abasourdie. Elle était très heureuse elle aussi, mais n'arrivait pas à parler. De plus, cela faisait si longtemps qu'elle avait dû se débrouiller seule, avec le soutien de ses parents, certes, qu'il lui était difficile d'accepter cette aide soudaine sans avoir le sentiment de profiter.

« Que pensez-vous de notre idée ?

- Je… Je ne sais pas quoi dire… Je ne veux surtout pas vous déranger, Noël est une fête familiale, nous vous gênerions…

- Pas du tout ! Nous serions vraiment enchantés de vous avoir avec nous ! Au contraire, nous pourrions tout préparer ensemble, et puis apprendre à nous connaître davantage. Noël est surtout une fête de partage. S'il vous plaît, acceptez. C'est vraiment de bon cœur que nous vous proposons ça.

- Je ne sais pas…

- Nous allons vous laisser réfléchir à tout ça, donnez-nous votre réponse demain soir si vous voulez. Pour le moment, nous allons prendre un petit apéritif, d'accord ? »

Gisèle esquissa un petit sourire.

« D'accord. »

*

Une fois rentrées chez elles, Fred et Gisèle eurent une petite discussion. Fred était enchantée par la proposition de ses voisins, elle pourrait en plus être avec Marc, ce qui serait tout simplement fantastique.

Gisèle commençait à se faire à l'idée de passer les fêtes de Noël avec ces gens charmants. La peur de se retrouver en face de Joël, l'affrontement qui pourrait en découler, la stressaient infiniment. L'emprise que cet homme avait eue sur elle commençait à ressurgir, et elle n'acceptait plus ce fait. De plus, rester seule avec sa fille dans ces conditions ne l'enchantaient guère non plus. Gisèle se rendait compte que l'invitation de Monsieur et Madame Simon était une excellente idée, la soirée improvisée s'était bien passée, elle avait même pu oublier ses soucis en leur présence.

« Fred, demain, dès que tu seras prête, tu iras voir Monsieur et Madame Simon pour leur dire que nous viendrons avec joie passer Noël avec eux. Je vais te préparer une liste de courses, tu la montreras à Madame Simon et tu lui demanderas si ça lui convient que l'on emmène ça, et surtout, demande si elle souhaite autre chose, d'accord ?

- D'accord maman, merci beaucoup !! »

Fred sauta au cou de sa mère et l'enlaça si fort que Gisèle en eut le souffle coupé. Elles se mirent à rire de bon cœur toutes les deux.

Le lendemain, Fred se leva bien tôt pour un jour de vacances. Elle fit ce que lui avait demandé sa mère, et sitôt après avoir quitté Madame Simon, elle se dirigea vers la supérette. La perspective de ce Noël l'enchantait. Il allait être magique, elle en était certaine. Son père avait malgré lui provoqué un événement fabuleux, quelle ironie du sort !

Fred réfléchissait malgré tout à laisser un mot à son père. Elle avait peur qu'il n'insiste pour revenir dans sa vie. Comme sa mère, elle appréhendait un éventuel affrontement, et si son père habitait en ville, elle serait certainement amenée à le croiser un jour ou l'autre. Elle ne souhaitait pas que cela se produise par surprise.

Après avoir déposé les courses chez Madame Simon, elle décida de rédiger une lettre pour son père, elle ne voulait plus subir ses choix égoïstes.

*

Mercredi arriva enfin. Gisèle avait demandé exceptionnellement à son employeur de terminer son travail à midi, ce qu'il avait volontiers accepté.

En arrivant chez elle, elle eut la surprise de découvrir que Fred avait préparé le repas. Elles n'avaient plus qu'à déjeuner rapidement, faire la vaisselle et aller chez les Simon. Jamais elles n'avaient été aussi rapides à tout ranger. Une certaine fébrilité régnait dans l'appartement, elles n'avaient qu'une crainte, que Joël ne vienne plus tôt qu'il ne l'avait annoncé. Il était 12h45, elles étaient déjà prêtes. En sortant de l'appartement, Fred jeta un rapide coup d'œil dans la cage d'escalier. Personne en vue.

« Attends-moi là, j'arrive tout de suite. »

Fred se précipita jusqu'au rez-de-chaussée, colla l'enveloppe portant le nom de son père avec du scotch sur sa boîte aux lettres et remonta bien vite jusqu'à chez elle.

« Qu'est-ce que tu as été faire ?

- J'ai laissé un mot pour papa.

- Quoi ?

- Il faut qu'il arrête de croire qu'il peut faire seulement ce qu'il veut. Il n'a pas donné de nouvelles depuis cinq ans, ça suffit maintenant. Qu'il nous laisse pour de bon. Allez, viens, on va chez Marc.

- Euh, chez ses parents aussi, hein ! »

Fred rougit et sourit. Gisèle s'était rendue compte du rapprochement de sa fille avec ce garçon. Elle sourit tendrement à sa fille. Elle voyait bien que Fred avait gagné en maturité, d'ailleurs l'aplomb qu'elle montrait quant à la lettre adressée à son père le prouvait. Sa fille était courageuse, Gisèle était si fière d'elle.

*

Monsieur et Madame Simon, Michel et Nicole, réussirent à mettre Gisèle à l'aise très rapidement. Les préparatifs des fêtes se passèrent dans la joie et la bonne humeur, en toute simplicité.

Eric, Marc, Sophia et Fred s'occupèrent de l'apéritif dînatoire. Toasts, petits fours, charcuteries, petits légumes coupés, sauces diverses, petites pâtisseries, tout fut préparé durant cet après-midi. Fred passait pour la première fois de sa vie un moment exceptionnel avec ses voisins devenus amis. Elle qui était toujours solitaire savourait pleinement ce moment.

Nicole et Gisèle avaient de leur côté commencé à préparer le repas de Noël, et surtout, discutaient joyeusement. Depuis combien de temps Gisèle n'avait-elle pas ressenti une telle légèreté ? Elle n'arrivait même plus à s'en souvenir…

Michel avait bien essayé d'aider, mais en vain.

« Mesdames, je m'absente un peu, à plus tard. »

Les deux femmes se regardèrent, étonnées.

« A plus tard. »

Et leur discussion reprit de plus belle.

*

Le réveillon se poursuivit dans cette joyeuse ambiance, ce qui provoqua une véritable bouffée d'oxygène pour Fred et Gisèle. Il y eut des discussions animées par les rires. Après le repas dînatoire, les jeux de société firent ensuite leur apparition. Toute la famille Simon, Gisèle et Fred, rirent avec une joie non dissimulée.

Le temps s'était écoulé si vite, il était près de 4h00 du matin lorsque Nicole, Michel et Gisèle commencèrent à montrer des signes de fatigue. Il avait été convenu que Fred dorme dans la chambre de Sophia, et Gisèle dans le canapé du petit salon. Tout ce petit monde alla se coucher le cœur léger et serein, se projetant déjà sur la journée de Noël qui présageait d'être tout aussi extraordinaire.

Au réveil, chacun avait du mal à sortir de son sommeil embrumé, tout en se sentant heureux de se retrouver. Bien évidemment, le Père Noël avait fait son œuvre en déposant un nombre de cadeaux impressionnant. Chacun eut la surprise de découvrir un paquet supplémentaire à leur nom, Michel était sorti la veille pour trouver une petite surprise pour ses deux invitées, et Fred avait acheté des petites gourmandises pour chaque membre de la famille Simon, sur les ordres de sa mère.

En plus de son cadeau pour sa mère, cette année Fred lui avait préparé une enveloppe. Lorsque Gisèle l'ouvrit et la lut, elle ne put retenir ses larmes.

« Merci maman pour tout ce que tu fais depuis que je suis née, et merci encore plus pour ce que tu es depuis qu'on s'est retrouvées seulement toutes les deux.

Je t'aime

Fred »

Fred et Gisèle tombèrent dans les bras l'une de l'autre, en laissant couler des larmes de joie.

La journée continua dans la même ambiance bonne enfant de la veille. Ce Noël fut tout simplement féérique pour tout le monde.

*

Vint le moment pour Gisèle et Fred de regagner leur appartement. Eric alla jouer les éclaireurs dans les étages, le hall d'entrée et les alentours du bâtiment afin de constater si par hasard, Joël était là à surveiller.

« Eric, peux-tu regarder si l'enveloppe que j'ai collée sur ma boîte aux lettres est encore là s'il te plaît ?

- Pas de souci, Fred. »

La lettre avait disparu. Fred espérait que le message qu'elle avait écrit, avait été assez persuasif pour que son père ne refasse plus ce genre de tentative de récupération tardive « d'esprit de famille ».

Au moment de partir, Marc emmena rapidement Fred dans le petit salon, et l'embrassa. Leur premier baiser fut magique, Fred flottait sur un petit nuage, elle s'engouffra plus profondément dans les bras de son premier amour.

« Fred, tu viens ? On doit rentrer. »

Fred plongea son regard dans celui de Marc.

« Il faut que j'y aille. Merci pour ce Noël, c'était juste génial !

- C'est toi qui es géniale. »

Ils s'étreignirent une dernière fois très fort avant de devoir se séparer.

Chapitre 3

Mélancolie

Fred avait décidé de se consacrer à la poterie au moins pendant ce mois d'octobre. Le marché de Noël allait arriver à grands pas au village de Meneham, et elle voulait avoir assez de temps pour que tout s'ordonne parfaitement. Il lui restait encore quelques pièces à tourner, d'autres attendaient depuis une semaine d'être tournassées. Puis il lui fallait prévoir la phase d'émaillage qui pouvait parfois réserver quelques surprises, avec notamment des défauts, des fissures, ou des cassures. Dans ce cas, les pièces allaient être invendables. Il lui restait deux mois pour tout finir, elle avait appris à plus anticiper et gérer son stress positivement.

Fred développait toujours une certaine mélancolie à l'approche de Noël. Les Noëls d'enfance, les premiers Noëls seule avec sa mère, tous ces souvenirs étaient bien agréables. Le meilleur souvenir de Noël fut celui qu'elle passa avec sa mère chez Marc et sa famille. Elle avait quinze ans, mais les sensations étaient restées intactes. Lorsqu'elle y repensait, les larmes venaient systématiquement embrumer son regard. Quel moment intense et formidable ! Ce fut surtout le commencement d'une très belle partie de sa vie, la meilleure… Comme Fred aimerait pouvoir retourner dans le passé et éviter cette journée de juillet si dramatique.

*

Fred aimait la poterie, elle avait découvert cette activité depuis seulement trois ans, cet art se révéla pour elle une formidable échappatoire. Elle se vidait la tête grâce à cette activité, elle oubliait tout tellement elle se concentrait sur ses gestes, travailler la terre était une sensation extraordinaire. Elle voyait ce bloc d'argile se transformer, évoluer. Il lui fallait en prendre soin, ne pas trop le brusquer pour en obtenir un objet noble. Toutes les techniques qu'elle avait apprises pour pouvoir espérer vivre de son activité de poterie furent quelques fois fastidieuses, avec des moments de questionnement, surtout lorsqu'elle avait décidé de passer le CAP de tournage en céramique. Elle avait dû alors consacrer une multitude d'heures à travailler, recommencer, toujours et encore, essayer de trouver la perfection pour une simple petite pièce. Elle se souvenait de la facilité qu'elle avait eue durant les premiers moments de découverte de cet art. Les pièces montaient facilement, elle n'osait alors pas trop innover de peur que l'argile ne finisse par décider de prendre un chemin différent de ce qu'elle avait imaginé.

Grâce à la poterie, Fred avait réellement trouvé un exutoire pour canaliser sa détresse et sa souffrance qui n'avaient cessé de la consumer durant ces vingt dernières années. Lorsqu'elle se mettait devant son tour de potier, sans musique, sans aucun bruit autour d'elle, à part la nature qui l'entourait, le monde extérieur n'existait plus. Le temps s'arrêtait alors, elle se concentrait, fixant son attention sur les gestes délicats, sur la forme de l'argile qui grandissait, évoluait. La patience que réclamait cet art avait aidé Fred à se dépasser, à accepter les aléas et les difficultés de la vie.

Fred allongeait alors son souffle, s'alignait sur les mouvements de ses mains, accompagnait le rythme de son tour, sans mouvement brusque, telle une danse chorégraphique. Elle se sentait alors tellement sereine durant ces heures de tournages, pendant lesquelles elle pouvait enchaîner plusieurs pièces sans se rendre compte du temps qui s'écoulait autour d'elle.

La préparation du marché de Noël était une étape importante de l'année, représentant un travail colossal qu'elle assumait seule, et le revendiquait en toute humilité. Elle ressentait ce besoin de mener ce travail du début jusqu'à la fin dans ce complet isolement, acceptant seulement de l'aide lors de l'installation dans sa petite boutique artisanale. Quelle fierté elle avait ressenti lorsqu'elle avait reçu le courrier en tout début d'année, confirmant l'autorisation de tenir ce petit espace dans l'ancien village de Meneham.

Petite, Fred venait souvent dans ce hameau alors habité, elle y avait toujours ressenti une bienveillance, une chaleur humaine, une humilité et une tranquillité rassurante à travers les villageois. En grandissant, elle s'était rendue compte des conditions de vie très dures de ces gens si merveilleux qui n'en faisaient rien paraître.

Elle était dorénavant si reconnaissante de pouvoir poursuivre ses rêves de petite fille, qui étaient de tenir une petite boutique, qui plus est, en ces lieux si remplis de souvenirs joyeux et fantastiques.

*

Fred regarda ses étagères, sur lesquelles bols, pichets, beurriers à eau, tasses, théières, commençaient à constituer un joli stock. Pour la première fois depuis bien longtemps, Fred était confiante, elle n'avait pas peur de présenter sa nouvelle collection cette année. Et puis, ensuite, elle savait qu'elle allait pouvoir repartir en Inde, à Fort Kochi, son deuxième havre de paix. Son voyage était prévu entre janvier et mars, deux mois de ressourcement total, de bienveillance avec les autochtones indiens si chaleureux, pourvus d'une si belle âme. Elle avait hâte d'y retourner, elle avait l'impression d'avoir trouvé une certaine harmonie avec ce partage de terre sauvage en Bretagne nord, et de chaleur tant climatique qu'humaine en Inde. Son billet d'avion était déjà acheté, il lui restait dorénavant à effectuer la réservation de la Guest House, qu'elle ferait certainement la semaine prochaine.

Ce mois de novembre était particulièrement pluvieux et venteux, Fred aimait cette ambiance, elle l'aidait à faire le vide, à s'intérioriser davantage, à se recentrer. Cet état lui procurait une sérénité, une grande paix intérieure, une grande maîtrise, et lui permettait de créer presque instinctivement. Le four avait presque fini son temps de cuisson, elle avait hâte de découvrir le rendu de son nouvel émail, avec des tons pastels, mouchetés, dans la perspective de créer de la vaisselle plus rustique.

Sa nouvelle organisation lui avait permis d'être en avance cette année, Fred pensait même pouvoir créer de nouvelles pièces durant ce dernier mois, juste avant l'arrivée de son fils Alexandre et sa belle-fille Fanny. Ce nouveau Noël allait être rempli de douceur et de cocooning, Fred souhaitait plus que tout renouer avec cette tradition qui lui avait tant plu jusqu'à ses trente-deux ans.

Chapitre 4

Les belles années

Les quatre derniers mois avaient été sensationnels après ce Noël réellement magique et inattendu. Fred s'épanouissait de plus en plus avec Marc qui était si protecteur envers elle. Il avait réussi à devenir gendarme, accomplissant ainsi son rêve de petit enfant. Il avait grandi dans une cité où il n'avait pu que constater les dégâts des différentes dérives sur les enfants livrés à eux-mêmes, copiant les délits plus ou moins graves de leurs aînés.

Après sa formation en internat, Marc était revenu habiter chez ses parents, il ne regrettait pas ce choix, car ils pouvaient de ce fait, avec Fred, se voir quand ils le souhaitaient. Même s'ils avaient cinq ans de différence, Marc était persuadé que Fred était la femme de sa vie. Il l'avait vue grandir, se transformer, s'affirmer, tout en gardant cette fraîcheur, cette candeur, pour devenir cette merveilleuse adolescente. Ils s'étaient trouvés tous les deux, se complétant à la perfection.

Gisèle et Fred avaient trouvé une seconde famille auprès des Simon, ils étaient devenus très amis, et se voyaient régulièrement, passant des moments très heureux, en toute simplicité. Gisèle était de plus en plus joyeuse, se sentant soutenue, acceptée par cette fantastique famille. Il lui arrivait régulièrement de faire du shopping en compagnie de Nicole, elles revenaient toujours ravies de leurs moments de complicité, ces journées se terminant régulièrement en repas improvisé le samedi soir.

Gisèle ne savait pas ce que contenait la lettre de Fred destinée à son père la veille de Noël, elle n'avait jamais osé aborder ce sujet avec sa fille. Joël n'avait pas donné de ses nouvelles depuis, jamais elle ne l'avait croisé, que ce soit dans leur quartier, ou même en centre-ville. Le courage dont Fred avait fait preuve l'avait impressionnée, elle réalisait comme sa fille avait grandi, sa petite fille très timide s'était transformée en une belle jeune femme ayant acquis une assurance parfois déconcertante. Fred pouvait se montrer très tenace lorsqu'un projet lui tenait à cœur, elle argumentait tout en gardant sa sagesse et son calme inné, Gisèle l'enviait pour ce trait de caractère, elle qui n'avait jamais vraiment su s'imposer.

*

Depuis ce Noël exceptionnel, Gisèle avait retrouvé un peu d'espoir que sa vie et celle de sa fille puissent s'améliorer. Avoir des amis, pouvoir se reposer et compter sur des personnes fiables ne lui était pas arrivé depuis si longtemps. Bien sûr, ses parents étaient toujours présents pour elle, mais elle ne pouvait se confier à eux comme elle le faisait avec Nicole. Gisèle avait enfin pu parler ouvertement des difficultés qu'elle avait connues dans son couple, tous les mensonges que Joël lui avait dits, qu'elle avait crus naïvement.

Gisèle s'était longtemps imaginée que son couple n'avait pu tenir par sa faute. L'emprise de son ex-mari s'était avérée beaucoup plus forte qu'elle ne l'avait pensé, et puis, elle était d'une génération où une femme devait satisfaire les besoins de son mari, rester à la maison pour que le repas soit prêt à l'heure, que le ménage soit fait, que les pièces soient rangées et impeccables. Une femme devait également éduquer les enfants et leur apprendre à se tenir en public. Joël était un de ces hommes qui ne supportait pas que l'image idéale de sa famille puisse être écornée. Gisèle s'était malgré elle pliée aux exigences de Joël, exigences de plus en plus nombreuses au fil des années. Joël avait réussi à la faire douter quant à ses capacités de tenir sa maison et de le rendre heureux. La lettre que son ex-mari avait adressée à Fred lui avait provoqué un électrochoc. Elle avait enfin réalisé que cet homme n'avait fait que l'utiliser. Elle s'en voulait de s'être laissée manipuler de la sorte, d'avoir montré autant de faiblesse, d'avoir été si soumise.

Elle espérait que Fred ait un autre destin que le sien, le caractère de sa fille et le garçon qu'elle fréquentait lui donnaient bon espoir.

*

Gisèle avait réussi à mettre assez d'argent de côté pour faire une magnifique surprise à sa fille pour les vacances d'été. Depuis son divorce, cela avait été tout simplement impensable. Grâce à ses deux emplois, elle avait enfin pu rembourser toutes ses dettes, et depuis septembre dernier, elle économisait la même somme que ses remboursements. Elle n'en avait rien dit à sa fille, n'avait pas changé son rythme de vie, ne s'accordant que quelques extras pour ce Noël extraordinaire. Gisèle envisageait de garder ses deux emplois afin de payer les études de sa fille. Son ex-mari ne lui versait toujours pas la pension alimentaire, elle préférait d'ailleurs se débrouiller seule et ne rien devoir à cet homme pour qui elle avait dorénavant développé un profond dégoût.

Un soir, pendant les vacances de Pâques, Gisèle avait préparé un petit repas que Fred aimait particulièrement, du saumon en papillote, sauce crème citronnée, avec des tagliatelles.

« Oh, qu'est-ce qui se passe ? Du saumon ce soir ?

- Oui… Et j'ai une autre surprise à t'annoncer ! »

Gisèle souriait mystérieusement.

« Dis-moi ! Qu'est-ce que c'est ?

- Ça fait longtemps que nous ne sommes pas parties en vacances, n'est-ce pas ?

- Oui, c'est vrai…

- Cet été, nous allons pouvoir partir !!

- Ah bon ??? Tu as décidé où ????

- Oui…. Alors, ce ne sera pas aussi longtemps que quand tu étais petite, ce sera une semaine.

- Oh, c'est déjà bien une semaine, c'est super même ! Et on ira où, alors ?

- Dans un mobile-home…

- Wouah !!! Cool !! Où ça ?

- A Meneham !!!! »

Fred en eut le souffle coupé, les larmes commencèrent à faire briller ses yeux. Elle se leva de table brusquement et alla serrer sa mère dans ses bras.

« Oh !!!! Merci, merci, merci !!! Merci maman !!

- Pas si fort, tu m'étrangles !

- Pardon !!! C'est vrai ? On va retourner à Meneham ?

- Oui !! Le mobile-home est réservé. »

Fred se mit à danser, tourner, tout en continuant de remercier sa mère.

« Allez, viens manger tant que c'est encore chaud.

- C'est génial, je n'en reviens pas !

- Je voulais marquer le coup, fêter nos prochaines vacances avec ce repas.

- Tu es géniale maman, merci, merci !! »

Fred l'embrassa et vint se rasseoir pour déguster ce fameux repas. Fred continuait de constater tous les efforts que sa mère faisait pour lui apporter une vie la plus agréable possible, elle se rendait aussi compte du changement depuis Noël, sa mère était plus apaisée, plus gaie. Elle savait que les parents de Marc en étaient responsables, la vie sociale de Gisèle commençait enfin à s'éclaircir, les années noires étaient derrière elles dorénavant.

« Dis, après manger, est-ce que je pourrai aller le dire à Marc ?

- Oui, mais tu sais que nous y allons seulement nous deux…

- Oui, oui, je n'ai que seize ans, j'ai bien compris, t'inquiète. Et puis je suis contente qu'on puisse partir toutes les deux !! »

*

Cet été fut merveilleux pour Fred et sa mère. A peine arrivées sur la petite route menant au camping de Meneham, Fred sentit son cœur se serrer, elle reconnaissait les moindres recoins, les maisons de pierre, le lavoir sur la droite dans lequel elle avait aidé sa mère à faire quelques petites lessives lorsqu'elle n'avait que quatre ou cinq ans, la route sur la gauche menant à Theven, et enfin, au bout, juste avant les dunes, l'entrée du camping. Dans son enfance, les mobile-homes n'existaient pas, le camping accueillait seulement des tentes ou des caravanes.

Après avoir récupéré les clés de leur mobile-home, Fred et Gisèle se dirigèrent vers le fond du camping. Leur emplacement était parfait, loin de l'entrée afin d'éviter de subir trop de passage, et les dunes les protégeaient du vent venant de la mer.

Une fois son sac posé dans sa chambre, Fred se précipita sur la dune, se dressa face à la plage. Elle respira à pleins poumons cet air iodé, scruta le chaos des rochers, observa les vagues venant s'y écraser dans un bruit sourd, répétitif, admira la clarté de l'eau, si transparente, si limpide grâce à ce sable si fin, si blanc. Comme Fred se sentait bien ici, immédiatement apaisée dans ce paysage sauvage qu'elle affectionnait depuis sa plus tendre enfance.

Gisèle avait prévu de retourner sur les lieux alentour qu'elle et Fred avaient adorés pendant leurs nombreuses années de vacances. Elles iraient revoir le phare de l'Ile Vierge, peut-être y grimper à nouveau jusqu'au sommet. Elles feraient de grandes balades sur les immenses plages jusqu'au Crémiou, jusqu'au phare de Pontusval, ou encore Boutrouilles, ou les dunes de Keremma. Elles adoraient également l'ambiance des marchés, Gisèle souhaitait en profiter pour y faire des courses quotidiennes. Elles iraient dans chaque petit village s'imprégner de son atmosphère, flâner, revenir chargées de far, ou de pommé breton, leurs deux péchés mignons.

Mais pour toute première étape, Gisèle voulait se réapprovisionner au bourg de Kerlouan. Elle alla rejoindre Fred sur la dune, l'aperçut, le visage radieux, fouetté par le petit vent qui faisait également virevolter sa longue chevelure. La voir si sereine la combla de bonheur, que sa fille était belle dans ce paysage.

« Fred, tu viens, on va faire quelques courses à Kerlouan ? »

Fred se retourna, sortant de sa rêverie, son visage restait irrémédiablement illuminé par un large sourire.

« Oui, j'arrive… Comme c'est beau ici, ça n'a pas changé. Un jour j'aimerais vraiment vivre ici.

- Je sais, tu le dis depuis que tu es toute petite. »

*

Pour ses dix-sept ans, Marc invita Fred au restaurant. Leur amour grandissait de jour en jour, ils se fréquentaient depuis plus d'un an maintenant, il était évident pour tout le monde qu'ils étaient faits l'un pour l'autre.

Fred se prépara pour cette soirée si spéciale, c'était leur premier vrai restaurant. Elle mit une belle jupe rose poudré, très longue, style bohème, accompagnée d'un petit caraco blanc brodé. Elle rehaussa cette tenue par un doux chandail mauve large à encolure échancrée. Pour finaliser le tout, elle ajouta un foulard indien léger. Elle se regarda dans la glace, se trouva jolie. Elle ajouta un petit maquillage léger.

Marc était vêtu d'une chemise de lin écrue, sous un blouson aviateur épais, portés sur un Jean's, un style simple qui lui allait si bien. Il vint chercher Fred à l'heure, celle-ci lui ouvrit la porte avec impatience. Qu'il était beau, avec ce sourire toujours empli de bienveillance.

« Tu es belle ! Tu es prête, on peut y aller ?

- Oui !! »

Fred se réfugia dans ses bras, rien que de humer son léger parfum, la fit se sentir sereine. Elle se blottit davantage, comme elle était heureuse avec cet homme.

Le restaurant fut un moment suspendu pour ce jeune couple, ils savouraient les plats raffinés, tout en se dévorant du regard et discutant tendrement. Après avoir dîné, Marc conduisit jusqu'à Virechat. Ils se promenaient régulièrement à cet endroit, un petit coin reculé, fréquenté seulement aux beaux jours par les pêcheurs et baigneurs habituels. Ils grimpèrent sur la petite butte surplomblant la mer, s'assirent sur le banc, juste devant la pêcherie. Malgré le froid de ce mois de février, ils restèrent serrés l'un contre l'autre, Fred s'était réfugiée dans le blouson de Marc.

« Tu as froid ? Tu veux qu'on rentre ?

- J'ai un peu froid, oui, mais je ne veux pas rentrer.

- Viens, on va dans la voiture, on peut trouver un petit endroit face à la mer. »

Arrivés à la voiture, Fred retint Marc.

« Non, on peut rester ici, on est bien là, je veux juste rester avec toi. Viens. »

Fred ouvrit la portière arrière, ils s'installèrent sur la banquette et commencèrent à s'embrasser. Fred attendait ce moment avec impatience tout en le redoutant. Elle n'avait encore jamais connu l'amour charnel. Marc fut si doux, tendre et attentionné que Fred se laissa aller et lui fit entièrement confiance. L'amour que ces deux amants se portaient mutuellement était si pur que leur première union fut intense et passionnelle.

Marc ramena Fred dans ses bras. Celle-ci se lova davantage contre lui, lui caressant le torse. Comme il était bon d'être ici, chaque instant avec Marc était magique.

Fred leva légèrement la tête, fixant Marc dans les yeux. Jamais elle n'aurait imaginé vivre autant d'émotions, elle était sur un petit nuage.

« Ça va ?

- Oui…

- Je t'aime…

- Moi aussi, je t'aime… »

Ils s'enlacèrent à nouveau, ne faisant plus qu'un.

*

Fred passait plus de temps dans son appartement, elle devait préparer son baccalauréat de français, Marc travaillait également certains week-ends. Malgré cette période difficile à supporter, ils essayaient de se réserver un soir par semaine, leur escapade était alors un véritable instant de bonheur.

Ils n'avaient qu'une hâte, pouvoir partir en vacances tous les deux pour la première fois. Fred et Marc en avaient discuté longuement avant que Fred ose en parler à sa mère. Elle avait peur que Gisèle ne se sente abandonnée, seule dans son appartement. Gisèle avait, au contraire, compris leur intention. Pour elle, il était normal que sa fille s'émancipe avec son petit ami.

Fred avait persuadé Marc de venir découvrir son petit paradis, ils avaient acheté une petite tente et tout le nécessaire pour aller camper dans le camping de Meneham. La voiture de Marc était bien remplie pour un séjour d'une semaine seulement.

Arrivés au camping, ils commencèrent l'installation de leur tente et le rangement de toute la batterie de casseroles, poêles, assiettes et couverts en plastique. Cette étape se révéla bien fastidieuse, mais si drôle ! Fred et Marc n'avaient pas l'habitude de monter une tente, encore moins de gonfler un matelas sans gonfleur…

Une fois bien installés, ils prirent une grande couverture, de quoi pique-niquer, et allèrent s'allonger sur le sable d'une finesse et d'une blancheur époustouflantes. Le soleil commençait doucement à s'éclipser, transformant les couleurs de la mer, passant du turquoise clair au bleu azur, puis au bleu saphir. Les ombres des rochers s'étiraient, de plus en plus longues, pour s'estomper et se fondre dans l'obscurité. La plage était alors déserte, seuls Fred et Marc profitaient de la quiétude de ce début de soirée. Ils écoutaient, enlacés, le ressac des vagues, ce doux bruit les berçait nonchalamment. Ils se sentaient détendus, heureux de pouvoir profiter de ce merveilleux moment. Leurs vacances ne faisaient que débuter, ils allaient enfin pouvoir profiter pleinement l'un de l'autre, vivre entièrement leur amour pur.

Ce soir-là, ils restèrent le plus tard qu'ils le purent sur la plage, finissant par s'enrouler dans la couverture alors que les températures et le sable se rafraîchissaient. Fred était ravie que Marc apprécie son endroit préféré, elle avait tellement de merveilleux souvenirs ici. Elle savait qu'avec Marc, ils allaient en créer de nouveaux encore plus divins.

Les jeunes amoureux passèrent leur semaine de vacances à faire de longues balades sur les différentes étendues sableuses de la région, visitèrent quelques belles chapelles, n'oublièrent pas de grimper jusqu'au sommet du phare du l'Ile Vierge. Surtout, ils jouirent du temps passé ensemble, juste tous les deux pour la première fois, à profiter l'un de l'autre, dormant jusque tard le matin, se préparant à manger sur leur petit réchaud en dehors de la tente, s'installant pour manger sur la couverture, n'ayant ni table ni chaises. Cette simplicité leur suffisait, les comblait. Ils passèrent des moments exquis à rire, se détendre, farnienter. Ils rejoignaient tous les soirs la plage pour assister au splendide spectacle du coucher de soleil et observer les étoiles, accompagnés du chant lancinant des vagues.

Ils revinrent chez eux radieux, épanouis, tout bronzés, prêts à affronter une nouvelle année de travail pour Marc, et la dernière année de lycée pour Fred. Celle-ci se demandait s'il fallait qu'elle continue ses études après le Bac, elle n'avait pas vraiment d'idées de ce qu'elle pouvait envisager pour la suite de ses études. Elle aurait préféré commencer à travailler dans un petit commerce, ou une librairie. Et puis, sa mère pourrait enfin arrêter son double emploi si elle travaillait juste après son Bac. Cela faisait sept ans maintenant que Gisèle trimait en jonglant avec les ménages le matin très tôt, pour enchaîner ensuite son travail de secrétaire médicale. Fred souhaitait plus que tout que sa mère puisse se reposer et profiter enfin de la vie.

De plus, elle rêvait de pouvoir vivre avec Marc… Si elle se lançait dans des études, elle ne savait pas pour combien d'années elle devrait s'engager, sans connaître les aboutissements possibles. Tous ces questionnements la torturaient, la vie active l'attirait davantage et lui semblait être la meilleure solution.

*

Le premier trimestre de son année de Terminale se passa sans trop d'encombres. Fred devait travailler davantage, passant quelques nuits raccourcies afin de terminer correctement les devoirs imposés.

Son avenir la préoccupait de plus en plus, elle n'avait pas encore osé aborder le sujet avec sa mère. Un soir de début décembre, Fred prit la décision d'affronter l'avis de sa mère, elle devait remplir les dossiers pour l'année suivante au plus tard fin janvier, elle ne voulait pas prendre sa mère au dépourvu quant à son désir d'arrêter ses études.

Fred se dirigea dans la cuisine, commença à préparer un repas léger. Elle voulait aborder le sujet dès le retour de sa mère, sinon, son courage pouvait rapidement lui manquer. Elle avait une peur extrême de décevoir sa mère.

Gisèle avait mis tant d'espoirs en sa fille afin qu'elle ne se retrouve pas dans la même situation que la sienne. Gisèle avait tellement vécu des moments laborieux à la suite de son divorce, se retrouvant en situation financière très précaire.

Quand Fred entendit la clé tourner dans la serrure, le stress la saisit. Elle prit une grande inspiration, puis relâcha son souffle le plus doucement possible.

« Coucou Fred !

- Bonsoir maman.

- Ça va ? Tu as l'air tendue.

- J'ai préparé le repas. J'aimerais qu'on s'installe tranquillement, j'ai à te parler.

- De quoi veux-tu parler ? Tu m'inquiètes…

- Ne t'inquiète pas, rien de grave, c'est juste que je réfléchis depuis un bon moment à mon avenir. »

Gisèle prit place à table, anxieuse, mais laissa parler sa fille.

« Voilà, après mon Bac, je ne sais pas quoi faire… J'ai des dossiers à remplir, j'ai encore du temps, on doit les rendre fin janvier, mais je n'arrive pas à trouver des études qui m'attirent. Je travaille beaucoup pour pouvoir obtenir des résultats moyens, c'est difficile, je reste tard la nuit pour réussir à tout finir… Je n'ai pas envie de devoir galérer autant dans un domaine qui ne va pas forcément me plaire…

- Je sais que c'est difficile de trouver sa voie mais tu n'as pas une idée de ce que tu aimerais faire ?

- J'aimerais tout simplement commencer à travailler. Un petit boulot de vendeuse, ça me conviendrait tout à fait.

- D'accord, mais ensuite, si dans quelques années, tu souhaites évoluer, ça ne sera pas possible.

- Si, regarde-toi, tu as repris une formation, il existe beaucoup de formations pour adultes, et puis peut-être qu'une vocation arrivera plus tard. Pour le moment, je galère, et rien ne me plaît réellement. »

La discussion dura tout le repas, le temps de la vaisselle, et continua ensuite dans le salon.

Gisèle essayait de persuader sa fille de continuer ses études, même si elle comprenait ses arguments. Trouver un emploi de vendeuse n'était pas bien compliqué, elle avait juste peur que Fred ne s'en sorte pas financièrement par la suite, ne s'épanouisse pas et se lasse de son travail rapidement.

« Si tu as peur que je ne puisse pas payer, il ne faut pas t'inquiéter, j'ai réussi à mettre de l'argent de côté.

- Justement, il est temps que tu arrêtes de travailler autant. Ça fait des années que tu cumules deux emplois, je vois bien comme tu es fatiguée. Et puis, si je travaille, tu pourrais arrêter les ménages, avoir plus de temps pour toi, et peut-être trouver un nouvel amoureux ?

- Quoi, qu'est-ce que c'est que cette idée ?

- Il faut vraiment que tu penses à toi. Regarde, que je continue mes études ou que je travaille, je partirai bientôt de la maison, et toi tu te retrouveras toute seule. Ce serait bien que tu trouves un homme gentil, tu le mérites. »

Gisèle demeura silencieuse. Depuis son divorce, elle s'était consacrée essentiellement à sa fille, elle s'était effectivement complètement oubliée. D'ailleurs, elle s'était également oubliée auparavant, lorsqu'elle était mariée, elle devait se consacrer à sa vie de famille, que tout soit parfait pour son cher mari lorsqu'il rentrait du travail, soi-disant exténué, qui avait fini par la tromper sans qu'elle le sache.

Gisèle n'avait pas compris la lassitude de son ex-mari pour leur couple, jusqu'à la fameuse lettre que Joël avait déposée quelques jours avant ce

Noël, à la seule intention de Frédérique, leur unique fille.

Pendant toutes ces années avant cet événement, Gisèle s'était si souvent remise en question, se sentant inutile, nulle, n'ayant pas réussi à rendre heureux son mari. Le peu de confiance en elle avait fondu comme neige au soleil. Il lui avait aussi fallu affronter sa nouvelle vie, celle d'une mère célibataire. A cette époque, divorcer n'était pas chose si courante. Surtout, Joël l'avait, du jour au lendemain, laissée tomber, il lui avait bien dit qu'elle ne pourrait plus le joindre, car travaillant à l'étranger. Gisèle y avait cru naïvement, refusant certainement s'avouer la cruauté de cet homme qu'elle avait aimé.

Se jeter dans son travail, avec ses deux emplois, se consacrer à sa fille, lui avait été salvateur. Elle avait fini par oublier Joël, en comprenant qu'elle ne pouvait compter que sur elle-même.

Ses parents avaient été formidables, surtout lorsqu'il avait fallu trouver un logement. Ils avaient avancé l'argent pour la caution, les premiers loyers, les premières courses. Elle leur était si reconnaissante, et si honteuse aussi. Ses parents l'avaient mise en garde sur ce mariage, l'avaient accepté tout en se méfiant de Joël. L'avenir leur avait malheureusement donné raison. Gisèle s'était entêtée, comme elle regrettait de s'être montrée si crédule.

Faire confiance de nouveau à un homme, Gisèle s'en sentait tout simplement incapable. Fred avait beau lui dire que tous les hommes n'étaient pas des lâches comme Joël, ses blessures restaient toujours là, presque à fleur de peau, ne lui permettant pas d'envisager un avenir autre que seule. Ses blessures s'étaient approfondies avec la lettre de Joël, dans laquelle il écrivait clairement qu'il l'avait quittée pour une autre femme. Elle s'était alors sentie trahie, elle s'était trouvée tellement bête d'avoir cru que Joël était parti à l'étranger. Il avait monté cette stratégie uniquement pour qu'elle n'essaie pas de le retrouver, notamment pour la pension alimentaire. De plus, elle aurait obtenu davantage lors du divorce si la liaison de Joël avait été rendue publique.

Elle voyait bien que la famille Simon était un bel exemple de réussite, Nicole et Michel se portant une confiance mutuelle, étant réellement complices et complémentaires. Que dire de leurs enfants, Eric, l'aîné, habitait dorénavant avec sa compagne et leur petite fille, Marc était formidable avec Fred, et Sophia était très heureuse également avec son petit ami. Sophia et Fred étaient aussi devenues très proches. La famille Simon avait littéralement adopté Gisèle et Fred, Gisèle en était si reconnaissante, et cette vie sociale lui suffisait.

Même si elle les enviait, elle se disait simplement que le modèle familial de Nicole et Michel n'était pas pour elle, elle s'y était résignée.

*

Fred s'aperçut qu'elle avait ébranlé sa mère en abordant sa vie amoureuse.

« Maman, je ne voulais pas te faire de la peine, si tu es bien seule, c'est top aussi.

- Ne t'inquiète pas, tout va bien, je préfère ma vie d'aujourd'hui que celle d'avant, avec ton père ! Pour en revenir à notre première discussion, je te demande de continuer de chercher des études qui pourraient te convenir, peut-être un BTS, ce n'est pas long, seulement deux ans, et après Noël, on fera le point. Je vais chercher de mon côté, voir ce qui existe. Si ça ne marche pas avec Marc, tu risques de te retrouver dans ma situation, et ça je ne veux pas ! »

Fred comprit les réticences de sa mère. La discussion s'était mieux passée qu'elle ne l'avait espéré, elle promit de chercher un éventuel BTS, elle demanderait également l'opinion de Marc. Après tout, peut-être pourraient-ils emménager ensemble, si elle n'avait que deux ans à étudier après le Bac ?

*

Noël fut comme chaque année un moment délicieux entre ces deux familles, elles s'étaient réellement adoptées.

Le répit que les vacances scolaires offraient à Fred lui permit de se poser quelques questions essentielles.

Marc approuvait les arguments de Gisèle, Il craignait aussi que Fred n'abandonne trop tôt ses études et ne le regrette plus tard. Ils se fréquentaient depuis deux ans, même s'ils rêvaient de pouvoir partager leur quotidien, il serait prêt à patienter encore deux ans de plus pour s'installer avec elle.

Fred allait certainement opter pour un BTS « action commerciale ». Elle savait qu'un BTS allait lui réclamer beaucoup de travail personnel, elle avait malgré tout décidé d'écouter les conseils de sa mère et de Marc. Ses propres arguments la tiraillaient, le sacrifice que sa mère continuait de faire jour après jour avec ses deux emplois la culpabilisait, et l'envie de vivre avec Marc était si forte. Ils se voyaient vraiment peu, elle, passant son temps libre à potasser ses cours, et lui, ayant des horaires décalés dûs à son travail de gendarme. Au moins, s'ils vivaient ensemble, ils pourraient profiter davantage l'un de l'autre.

C'était décidé, après les fêtes, elle allait demander à sa mère l'approbation de quitter le domicile.

*

Les six premiers mois de cette nouvelle année furent éprouvants. Fred entama la constitution du dossier pour un BTS, enchaîna ensuite le Bac blanc, subit la pression des professeurs avec leurs innombrables interrogations écrites, puis passa enfin les véritables épreuves du Bac. Après cela, vint l'attente interminable des résultats, Fred n'ayant qu'un niveau moyen dans certaines matières. Un redoublement aurait anéanti tous ses projets.

Gisèle voyait tous les efforts que sa fille fournissait pour obtenir son Bac. Elle était rassurée que celle-ci ait décidé de s'inscrire en BTS, au moins, elle ne se retrouverait pas sans bagages si elle devait se retrouver seule. Il lui était par contre compliqué d'accepter l'autre demande de Fred, à savoir, emménager avec Marc.

Marc avait sa situation professionnelle stable, c'était indéniable, même si son métier était dangereux et éprouvant. Mais ce qui inquiétait Gisèle était le fait que sa fille allait devoir concilier sa vie d'étudiante avec sa vie de couple. Elle craignait que ses études n'en pâtissent, que ce soit plus ardu que ce qu'imaginait Fred.

Depuis janvier, cette discussion revenait régulièrement, que ce soit entre Gisèle et Fred, entre Fred et Marc, mais aussi entre Gisèle, Nicole et Michel. Tous appréhendaient le départ de leurs enfants respectifs, même si Nicole et Michel étaient plus confiants. Eric était parti depuis quelques années maintenant, Marc était en âge de le faire depuis un bon moment déjà. Nicole et Michel avaient depuis longtemps compris que si Marc restait chez eux, c'était tout simplement pour pouvoir rester près de Fred.

A force de discussions, et surtout de preuves du sérieux de Fred durant tous ces derniers mois, Gisèle se résigna à accepter le départ de sa fille, à une seule condition, qu'elle obtienne son Bac.

*

Fred ne réussit à dormir que quelques heures entrecoupées. Ça y est, le jour des résultats du Bac était enfin là. Elle n'arriva pas à manger son petit-déjeuner. Toute la matinée, elle essaya de s'occuper en faisant du ménage, rangeant sa chambre, mais rien n'y faisait, elle n'arrivait pas à faire quoi que ce soit de correct. Elle réussit à préparer le déjeuner pour sa mère, au moins, pendant la pause-déjeuner, elle allait peut-être pouvoir penser à autre chose. Mais c'était plus fort qu'elle, son estomac était complètement noué. Il lui fallait attendre 15h00 pour aller voir les résultats affichés au lycée.

Elle décida d'y aller à pied, cela lui éviterait de tourner en rond dans l'appartement. Elle n'avait jamais marché aussi lentement, empruntant même des rues qu'elle ne connaissait pas tellement elle était en avance.

Le lycée se dressait devant elle, il restait encore un bon quart d'heure à attendre. Elle vit quelques jeunes arriver, tout aussi stressés qu'elle. Elle n'osait pas pénétrer dans l'enceinte du lycée, vit alors que certains se dirigeaient vers l'entrée du bâtiment. Elle décida de les suivre, au moins, elle n'attendrait pas seule devant les portes.

En s'avançant, elle aperçut une rangée de panneaux sur lesquels étaient affichés un nombre de feuilles impressionnant. Voilà, elle y était, son destin allait se jouer maintenant.

Fred eut du mal à trouver la section de son Bac, et ensuite sa classe. Elle ne voyait pas son nom… L'angoisse monta, elle s'était peut-être trompée de feuille. Elle détourna le regard, prit une grande inspiration, et se remit à chercher. Ça y est, elle trouva enfin son nom ! Elle suivit la ligne, et lut « ADMIS » !   Les   larmes   lui   vinrent immédiatement aux yeux, son cœur se mit à battre encore plus fort, les années lycée étaient définitivement derrière elle. Elle ne connaissait pas encore sa moyenne mais elle savait qu'elle devait avoir obtenu son Bac avec très peu de points d'avance. Maintenant, il lui fallait attendre le résultat des inscriptions en BTS. Même si elle n'était pas admise, elle ne s'en inquiétait pas trop, elle trouverait facilement une place de vendeuse ou de caissière.

La bonne nouvelle de l'obtention de son diplôme signifiait également qu'elle allait pouvoir vivre avec Marc, elle attendait cela depuis plusieurs mois maintenant. Fred avait déjà parcouru quelques petites annonces dans les journaux gratuits, elle allait s'y mettre sérieusement dès maintenant.

Elle quitta rapidement le lycée, revint beaucoup plus rapidement qu'à l'aller dans l'appartement, se saisit des petits journaux et commença à téléphoner afin de pouvoir visiter quelques appartements. Elle avait environ trois heures devant elle avant que tout le monde revienne du travail, Fred décida donc de téléphoner d'abord, puis de consacrer la dernière heure à préparer un petit apéritif pour fêter son Bac avec sa mère, Marc, ses parents et sa sœur, elle avait tellement hâte de leur annoncer la bonne nouvelle !

 *

Lorsque Gisèle rentra vers son appartement, elle était assez inquiète. Elle avait d'ailleurs eu du mal à se concentrer sur son travail toute la journée. Elle savait combien sa fille avait quelques difficultés dans certaines matières, Gisèle espérait que cela ne lui avait pas été préjudiciable pour l'obtention de son Bac. Elle arriva, et fut accueillie par le large sourire de sa fille. L'angoisse s'envola immédiatement, l'émotion prit sa place.

« Félicitations ma chérie, comme je suis fière de toi !

- Merci maman !!! J'ai prévu un petit apéro avec Nicole et Michel, Sophia attend que Marc rentre pour qu'ils nous rejoignent tout à l'heure, ça ne te dérange pas ?

- Bien sûr que non, il faut fêter ça ! »

Gisèle était effectivement fière de sa fille, mais cet événement signifiait également son départ. Gisèle allait donc se retrouver seule dans cet appartement, cette perspective l'angoissait mais elle n'en avait jamais informé qui que ce soit. Il était logique que ce moment arrive un jour ou l'autre, seulement, Fred était sa fille unique, et depuis huit ans maintenant, elles avaient construit une vie plutôt agréable. Elle savait qu'elle pouvait compter sur

Nicole et Michel, d'ailleurs, ils avaient décidé de partir en vacances ensemble cet été. Ils allaient partir pour découvrir l'Ardèche.

Le quotidien l'inquiétait, rentrer et rester seule les soirs, les nuits, les week-ends… Gisèle avait décidé de ne pas quitter son emploi de femme de ménage. Pourquoi s'octroyer plus de temps alors qu'elle allait le passer seule ? Gisèle ne dit mot de sa décision, ce soir n'était pas le moment adéquat pour se lamenter, c'était un moment festif, rien n'allait le gâcher.

*

Les jours qui suivirent furent un mélange d'excitation et de stress, ces émotions traversant Fred telles des montagnes russes. Les appels passés pour trouver un appartement n'aboutissaient que très peu de fois, ou alors les logements étaient déjà loués. Malgré cela, Fred réussit à obtenir deux rendez-vous.

 Le soir même, elle alla prévenir Marc des deux visites prévues le lendemain soir.

« Fred, j'ai quelque chose à te dire…

- Quoi ? Tu ne veux plus vivre avec moi ?

- Mais si, bien sûr que si !! Justement, j'ai peut-être une solution. Un collègue a demandé sa mutation, alors j'ai fait une demande pour récupérer son logement. Maintenant, je dois encore attendre une ou deux semaines pour savoir à qui cet appartement va être attribué. Par contre, est-ce que tu aimerais vivre à la caserne ? »

Fred lui sauta au cou.

« Pourquoi tu ne m'as rien dit avant ?

- Parce qu'il n'y a rien de sûr encore.

- Ok, bon, on ira visiter les deux appartements demain comme prévu, et puis on attendra la réponse de ta caserne ! Et puis je continuerai de chercher quand même ! »

Fred était si excitée à l'idée de vivre avec Marc, emménager dans une caserne ne la gênait aucunement. Tout ce qui comptait était qu'ils soient ensemble, pour de bon, pas seulement des petits moments volés par-ci par-là. Rien que ce soir, ils allaient se voir un peu après le dîner, ensuite chacun irait retrouver sa chambre aux alentours de 22h00 car Marc travaillait le lendemain. Fred avait maintenant plus de dix-huit ans, elle fréquentait Marc depuis deux ans et demi, leurs séparations devenaient de plus en plus dures à supporter. Elle savait pertinemment que Marc restait chez ses parents, alors qu'il avait vingt-trois ans, seulement pour qu'ils puissent se voir plus souvent. La perspective si proche d'un logement en commun la comblait réellement de joie.

*

La visite des deux appartements ne donna rien d'extraordinaire, l'un se trouvait dans une cité beaucoup plus risquée que la leur, l'autre était situé en plein centre-ville, dans un immeuble construit après la guerre, à la va-vite. L'isolation était inexistante, que ce soit thermique ou phonique, avec un loyer exorbitant.

En rentrant chez Marc, pendant qu'il s'installait pour se reposer de sa journée de travail éreintante, Fred se remit aussitôt à relire les petites annonces, peut-être en avait-elle oublié une. Fred le regarda, il s'assoupissait légèrement. Jamais il ne parlait de ses journées, elle admirait son flegme. Fred, qui était de nature inquiète, était souvent rongée par l'angoisse que le métier de gendarme pouvait apporter, comment faisait-il pour réussir à prendre autant de recul ? Elle, n'y arrivait pas.

*

Le stress refit vite surface chez Fred car elle venait de recevoir la réponse pour son inscription en BTS. Elle n'osait pas ouvrir cette grande enveloppe Kraft. Les mains tremblantes, elle commença à déchirer le haut, dût s'y reprendre à plusieurs reprises avant de pouvoir sortir le dossier. Son esprit était tellement perturbé qu'elle eut du mal à trouver l'information essentielle :

« Admis en liste principale »

Même en lisant maintes fois ces mots, Fred n'arrivait pas à réaliser qu'elle devenait officiellement étudiante. Elle prit conscience petit à petit de sa chance, elle allait éviter l'angoisse de faire partie de la liste d'attente. Jamais elle n'aurait parié sur la possibilité d'être sur la liste principale, vues ses notes. Le jury avait dû se baser sur son dossier, contenant les appréciations bienveillantes de ses professeurs. Fred savait qu'elle allait devoir multiplier ses efforts de travail pour réussir sa première année, en BTS, le redoublement étant impossible.

Fred se sentit fébrile, elle avait peur de ne pas réussir, de décevoir sa mère, son compagnon, sa belle-famille. Elle garda cette fébrilité pour elle, et montra une mine joyeuse lorsqu'elle annonça cette bonne nouvelle à tout le monde.

*

Cinq jours plus tard, tout juste après avoir terminé son travail, Marc rentra rapidement jusqu'à son bâtiment, et se précipita directement vers l'appartement de Fred. Il arriva essoufflé tellement il s'était pressé. Sitôt que Fred ouvrit la porte, Marc la prit dans ses bras, l'embrassa, la serra affectueusement.

« Nous allons bientôt pouvoir emménager, avoir notre appartement ! »

Fred resta sans voix.

« Mon collègue a eu sa mutation, le couple qui a le petit appartement va reprendre ce logement, et nous, du coup, on reprend la suite dans une semaine !! On pourra faire le grand nettoyage et quelques peintures avant d'emmener les meubles. »

Décidément, tout s'enchaînait tellement bien depuis un moment, Fred et Marc étaient si heureux, cet événement venait fonder le socle de leur bonheur.

Fred imaginait déjà leur intérieur, la disposition de leurs meubles. Ils allèrent chiner dans les brocantes, les magasins de ventes d'occasion, tentant de dénicher la bonne affaire avec une idée bien précise de la décoration qu'ils souhaitaient. Ils allaient consacrer leur été à l'installation de leur petit nid douillet.

Dès que Marc eut les clés du logement, il y emmena Fred. Le petit T2 se situait au bout de la caserne, ce qui était idéal car le bruit de la rue y était inaudible. De plus, chaque logement bénéficiait d'un petit carré de pelouse. Fred était impressionnée. Le quotidien dans la caserne allait être beaucoup plus agréable qu'elle ne l'avait pensé.

Ils pénétrèrent dans le logement et commencèrent à visiter les lieux qui étaient les leurs dorénavant. L'appartement comprenait une cuisine ouverte donnant sur un petit salon, séparés par un comptoir assez large pour y cuisiner et y manger. Le salon était illuminé par une grande baie vitrée s'ouvrant sur le petit jardin, et une chambre se situait au-dessus, dans la mezzanine. Fred et Marc en tombèrent immédiatement sous le charme. La peinture des murs avait effectivement besoin d'un petit rafraîchissement, mais rien de bien méchant. Ils avaient décidé d'un blanc lin pour la pièce principale, permettant d'agrandir la surface et de mettre la décoration de leur choix. Pour la chambre, la mezzanine comportait de belles poutres. Ils décidèrent de les conserver dans leur couleur naturelle de bois foncé, il ne leur suffisait que de repeindre les plafonds en clair entre ces poutres.

Marc mesura la surface à peindre, puis ils allèrent de suite faire les achats nécessaires tels que les pots de peinture, les pinceaux, les rouleaux. Pour finir, ils se dirigèrent dans le magasin de matelas, la livraison de celui-ci fut convenue pour le surlendemain.

Fred réalisait enfin qu'elle avait vivre avec son merveilleux compagnon. Elle et Marc avaient chacun leur trousseau de clés, le rêve devenait réalité.

Fred avait décidé de passer les prochaines journées dans l'appartement pendant que Marc allait travailler. Elle ferait tout d'abord les peintures de la chambre afin d'y installer rapidement le matelas à même le sol, et y confectionner leur petit cocon. En quelques jours, elle espérait également finir le salon, Marc lui ayant proposé de l'aider pendant le week-end. Fred adorait bricoler, elle avait l'habitude de rafistoler, réparer, créer, elle réservait la surprise de la décoration de l'appartement et avait accepté l'aide de Marc seulement pour le déménagement des meubles qu'ils avaient stockés dans les logements de leurs parents. Fred toujours aussi déterminée, décida de tout mettre en œuvre pour que ce projet soit terminé en une semaine, tellement il lui tenait à cœur.

*

Le vendredi soir, Marc alla rejoindre Fred dans leur nouveau cocon. Il fut impressionné par le travail qu'elle avait abattu, seule. Tout était prêt pour ramener leurs meubles dès le lendemain.

Fred l'emmena jusque dans la mezzanine. Marc y découvrit alors leur lit prêt, la décoration feutrée que Fred y avait ajoutée était intime, avec des petits lampes aux couleurs tamisées par des foulards indiens roses et mauves, posées de chaque côté du matelas. Fred avait également rajouté deux petites guirlandes lumineuses sur les poutres. Il ne manquait plus que l'armoire et la malle qu'ils avaient trouvées en brocante.

« C'est magnifique ma chérie, j'adore.

- Merci ! J'ai mesuré, et j'aimerais ramener mon bureau, il passerait dans le coin, comme ça je pourrais travailler plus facilement. Qu'est-ce que tu en penses ?

- Oui, bien sûr. C'est génial cette chambre ! »

*

Le déménagement se passa avec allégresse, tout le monde était présent pour aider Fred et Marc. Gisèle prit un nombre impressionnant de cartons dans sa voiture, Nicole et Michel firent rentrer le plus de meubles possibles dans le break réduit à deux places assises à l'avant. Eric était également présent, il avait équipé sa voiture de la galerie, permettant ainsi d'y entreposer les grandes longueurs des meubles démontés. Marc et Fred entassèrent aussi tout ce qu'ils pouvaient dans leur voiture. Sophia se proposa de monter dans la voiture de Gisèle. Cette attention la toucha profondément.

Tout ce petit monde se dirigea gaiement vers la nouvelle adresse du jeune couple. Tout y fut déchargé à une vitesse extraordinaire, les hommes se mirent aussitôt à remonter les meubles, les femmes s'occupèrent de ranger la vaisselle dans la cuisine.

Fred prit sa mère à part.

« Maman, est-ce que tu veux m'accompagner pour qu'on aille, toutes les deux, acheter de quoi faire des sandwichs ?

- Oui, ma fille ! »

Elles se regardèrent tendrement, leur complicité était toujours aussi présente, intacte.

Après la pause sandwichs, tout le monde reprit ses occupations respectives, si bien que le soir, tout fut quasiment terminé. Chacun était exténué mais ravi de cette excellente journée.

Avant de partir, Gisèle prit sa fille dans ses bras.

« Je suis très heureuse pour toi, vous allez être bien ici.

- Merci maman. Tu sais que tu peux venir quand tu veux, et je passerai aussi. Nous aurons le téléphone dans la semaine, dès que j'ai le numéro, je te le donne. »

Ce fut le plus long câlin que mère et fille se firent.

Gisèle rentra donc seule dans son appartement. Elle savait comme Fred était comblée et épanouie, mais elle ne put s'empêcher d'éprouver une certaine tristesse quant au fait de devoir vivre seule dorénavant. Ce soir-là, Gisèle se prépara un plateau repas très léger, s'installa dans le canapé, et se mit à pleurer.

*

Le lendemain matin, Sophia vint frapper à la porte de Gisèle.

« Bonjour Gisèle, papa et maman t'invitent ce midi
à manger, tu peux venir d'ici une heure ?

- Euh… Oui, d'accord !

- A tout à l'heure alors ! »

Gisèle fut surprise mais bien contente de déjeuner
avec Nicole et Michel, ils étaient vraiment
adorables. L'idée de passer ce premier dimanche
seule, l'avait quelque peu effrayée.

*

Fred s'était également aperçue de la tristesse que
sa mère avait essayé de dissimuler lors du
déménagement.

« Marc, j'aimerais te demander quelque chose…

- Oui, vas-y !

- Je ne sais pas si tu as remarqué que ma mère était
triste hier, je pense que ça la chamboule pas mal de
se retrouver seule dans l'appartement… Comme ce
sont les vacances, j'aurais bien voulu lui proposer
de venir manger quelques midis avec nous, tu
serais d'accord ?

- Oui, j'ai vu. Ça doit être difficile pour elle…
Bien sûr, demande-lui, et puis, de toute façon,
certains jours, vous serez toutes les deux, je ne

pourrai pas venir manger tous les midis, tu sais. Vous pourrez vous retrouver comme avant.

- Merci ! J'aimerais bien qu'elle finisse par refaire sa vie, elle s'est tellement sacrifiée, et maintenant je la laisse toute seule.

- Si tu veux, on peut aller lui rendre visite dans l'après-midi ? Comme ça, tu l'inviteras !

- Oui, ce serait bien… »

Vers 15h00, Fred et Marc quittèrent donc leur petit nid douillet avec un gâteau que Fred avait confectionné pour le goûter, un gâteau à l'ananas caramélisé, le préféré de sa mère.

Arrivés à l'appartement, trouvant porte close, ils montèrent jusque chez les parents de Marc. A travers la porte, ils entendirent des rires. Ils se regardèrent, amusés, rassurés que Nicole, Michel et Gisèle se soient réunis.

« Alors, on s'amuse bien par ici !

- Marc, Fred ! Qu'est-ce que vous faites ici ?

- Bonjour maman, on est venu voir Gisèle, Fred a préparé un gâteau !

- Un gâteau à l'ananas ! Mon préféré ! »

Tous s'embrassèrent chaleureusement, puis dégustèrent ce goûter avec joie.

Au moment de partir, Fred soumit à sa mère l'idée de quelques déjeuners ensemble, que Gisèle accepta aussitôt. Le lien avec sa fille perdurait, elle lui en fut très reconnaissante.

Gisèle vint donc déjeuner avec sa fille trois fois par semaine, il lui était bien agréable de sortir du travail, le cœur léger, en sachant qu'elle allait retrouver Fred, qui avait tout préparé. Elles discutaient alors tranquillement, faisaient ensuite la vaisselle, s'installaient dans les transats disposés dans le petit jardin. Ces moments de complicité étaient un réel bonheur pour elles deux. Leurs liens, qui s'étaient déjà renforcés depuis le divorce, s'intensifiaient encore davantage. Gisèle voyait Fred s'épanouir, devenir une jeune femme agréable, posée, sérieuse.

Ces moments privilégiés aidèrent Gisèle à accepter sa nouvelle vie, seule dans son appartement, elle y trouvait une certaine sérénité le soir en rentrant de son travail, n'éprouvant plus cette angoisse envahissante. Elle savait qu'elle pouvait compter sur ses voisins, les parents de Marc, qui étaient devenus sa famille, et bien sûr, sur sa fille et son gendre.

Gisèle envisageait dès septembre d'arrêter son premier emploi de femme de ménage. Fred avait raison, elle devait dorénavant penser davantage à elle, prendre enfin soin d'elle.

Fred retrouva quelques amies à la rentrée pour son BTS, et découvrit une ambiance assez sereine avec sa promotion. Le travail demandé était très conséquent, Fred passait alors des soirées entières à étudier.

La vie avec Marc s'était tout naturellement mise en place, leur complicité étant évidente. Entre le travail de Marc, ses astreintes, les cours de Fred, ses devoirs, chacun participait aux repas, au ménage, quand l'autre ne pouvait pas le faire. La décision de vivre ensemble fut la meilleure qu'ils aient jamais prise.

Chapitre 5

Noël

La boutique était enfin prête pour cette saison de Noël pleine d'effervescence.

Les beurriers à eau, tasses, coupelles, pichets, services à thé, étaient bien alignés sur leurs étagères, Fred se sentait assez fière de cette collection. Elle aimait ces couleurs pastel, vert d'eau, rose poudré, mauve, orangé. Elle avait consacré énormément de temps à cette nouvelle gamme, mais cela en valait le coup, les rendus étaient magnifiques. Les tons pâles, feutrés, apportaient une certaine douceur en cette période festive agitée.

L'alarme de son téléphone portable retentit soudain, la sortant de ses rêveries. Ça y est, c'était l'heure d'ouverture de la boutique. Fred ne s'attendait pas vraiment avoir beaucoup de visites en ce premier jour. Elle s'installa donc tranquillement dans le rocking chair qu'elle avait déniché en brocante, et se remit à observer sa boutique. Elle trouva qu'il manquait un peu de féérie. Demain, elle ramènerait quelques guirlandes lumineuses.

En attendant la clientèle, Fred décida de tricoter un peu, la jolie petite table était parfaite pour poser sa laine et son thé. Curieusement, c'était la première année qu'elle se sentait aussi apaisée depuis presque vingt ans alors que Noël approchait.

Soudain, la petite porte de bois commença à s'ouvrir. A travers les vitres, Fred distingua seulement un couple de personnes âgées bien emmitouflées pour se protéger du vent.

« Bonjour Fred !!!

- Nicole !! Michel !! Qu'est-ce que vous faites ici ???

- On voulait te faire une surprise, et venir te voir le jour d'ouverture.

- Nous avons trouvé une petite location, et si tu es d'accord, nous pourrions passer Noël ensemble ?

- Oh oui, ce serait formidable ! Alexandre et Fanny doivent arriver d'ici quelques jours, ils vont être contents de vous voir ! »

Les embrassades furent chaleureuses. Fred aimait profondément Nicole et Michel, ils étaient devenus si proches depuis son adolescence, et cette affection intense n'avait jamais failli.

Nicole et Michel firent le tour de la boutique. Ils étaient extasiés devant tout le travail qu'avait fourni Fred, tout était harmonieux, plein de douceur, ses créations reflétaient toute son âme si douce, si pure.

« Je vous offre un petit thé ? C'est du thé à la vanille, bien sucré. »

Nicole, Michel et Fred se sourirent tendrement.

« Avec plaisir ! »

Fred rangea son tricot, laissa le rocking chair à Nicole, ramena une chaise se trouvant derrière le comptoir pour Michel et alla chez son voisin commerçant lui emprunter une seconde chaise.

Rien que de sortir chercher la chaise rafraîchit Fred. Le vent soufflait tellement fort aujourd'hui, ce qui signifiait effectivement peu de visites pour ce premier jour.

En revenant dans sa boutique, Fred fut très heureuse de voir Nicole et Michel. Eux aussi semblaient sereins et apaisés. Ils dégustèrent tous les trois le thé à la vanille avec un véritable plaisir, savourant ce moment, dans ce lieu aux murs de pierre épais, les protégeant de la tempête extérieure. Ils avaient tous conscience de revivre un moment de bonheur simple, comme autrefois. Ils n'avaient nul besoin de parler à outrance, rien que d'être ensemble leur suffisait et réchauffait leurs cœurs.

Le midi, Fred décida de fermer sa boutique, car, comme prévu, l'affluence des clients ne s'était pas encore faite sentir. Ils avaient décidé tous trois d'aller déjeuner dans l'auberge toute proche, « Le Bistrot des Légendes » de Meneham proposait un délicieux Kig Ha Farz[1]. En fin de repas, Nicole et Michel décidèrent d'aller se promener aux alentours afin d'observer la mer en furie, tellement belle à cette époque, et Fred retourna à sa boutique.

Le soir venu, elle alla retrouver ses beaux-parents dans leur location. A peine rentrée, elle sentit la bonne odeur de gratin de pâtes. Nicole n'avait pas oublié son plat préféré. Quelle attention merveilleuse Nicole lui offrait, encore une fois. Fred savait pertinemment qu'elle avait trouvé là une deuxième famille formidable.

Ils se virent tous les soirs, Nicole insistant pour que Fred vienne directement dîner avec eux après la fermeture de sa boutique. La magie de Noël commençait à refaire surface, tout doucement.

*

Quelques jours après l'arrivée de Nicole et Michel, Fred reçut un texto d'Alexandre. Il était sur la route avec Fanny et devait arriver pour midi.

---

[1] Glossaire p. 257

Fred décida alors de réserver une table au « Bistrot des Légendes », et prévint séparément Alexandre, Nicole et Michel de venir à la boutique pour le déjeuner.

Quand Alexandre arriva, quelle ne fut sa surprise de découvrir ses grands-parents avec sa mère. La joie envahit tout ce petit monde, et le repas fut une nouvelle fois un moment magique. Se retrouver, tous les cinq, en ces lieux, à Noël, avait le don de réparer, de continuer de guérir toutes les blessures, d'effacer toute la tristesse, les peines, les injustices de ces vingt dernières années.

Ces vacances de Noël furent merveilleuses. Même si la boutique de Fred restait ouverte toute la journée du vingt-cinq décembre, la féérie opéra pour le réveillon et le repas du vingt-cinq au soir. Fred avait pensé passer Noël seule avec son fils et sa belle-fille, mais Nicole et Michel en avaient décidé autrement, ce qui n'était pas pour lui déplaire. Sa famille était si précieuse, Fred réalisait qu'elle était chanceuse de l'avoir.

Chapitre 6

Naissance

Le soleil commençait à peine à se lever, au loin, sur les monts de l'Ardèche. Gisèle appréciait particulièrement ce moment intime de la journée. Lorsqu'elle commençait à travailler à 6h00 du matin, il n'était pas rare qu'elle s'arrête pendant de furtifs instants pour admirer quelques levers de soleils. Au moins, elle avait apprécié cet avantage, sans doute le seul à cumuler les deux emplois.

Après avoir démissionné de ce travail ingrat, Gisèle eut du mal à s'accoutumer à ses nouveaux horaires, et garda ainsi l'habitude de profiter de la nature à une heure où peu de personnes étaient déjà levées.

Ce matin, le spectacle était particulièrement magnifique. La brume matinale adoucissait légèrement les couleurs de la campagne ardéchoise, que les premières lueurs du soleil venaient tendrement caresser. Gisèle était allongée sur la chaise transat, emmitouflée dans une couverture polaire moelleuse et douce. Elle attendait patiemment que Nicole et Michel se réveillent, une tasse de thé fumante l'accompagnant.

Gisèle savait pertinemment qu'ils ne lui poseraient aucune question, leur discrétion était sans faille. Elle se sentait bien, après la nuit passée avec cet homme, un moment de tendresse qu'elle n'avait pas connu depuis tant d'années. Elle le reverrait durant la semaine de vacances qu'ils leur restaient. Gisèle était étonnée d'avoir réussi à lâcher prise aussi rapidement, elle avait l'impression de revivre une deuxième adolescence. A force d'entendre tout son entourage, et même sa fille, lui rabâcher de profiter de la vie, elle avait succombé, et regrettait franchement de ne pas l'avoir fait plus tôt.

*

En revenant chez elle, Gisèle était épanouie. Elle avait conservé les coordonnées de son amant, ils avaient prévu de se revoir quelques week-ends, François habitant à Angers, à seulement une heure et demie de chez elle.

Gisèle appréciait davantage son appartement après les vacances, elle se réappropriait ce territoire, elle y avait tous ses repères. Vivre seule ne la dérangeait plus dorénavant, elle savourait même cette nouvelle liberté.

A peine arrivée, elle ouvrit en grand toutes les fenêtres, le soleil apportait une clarté et une chaleur réconfortante à son logement. Elle se mit à ranger ses affaires, lança une machine et fit un brin de ménage, l'appartement étant resté inoccupé durant les quinze derniers jours.

Fred et Marc devaient passer dans l'après-midi, Gisèle alla donc rapidement à la supérette du coin se réapprovisionner et s'attela dès son retour à la préparation d'un quatre-quarts tout en écoutant ses musiques des années 60. Elle se surprit même à fredonner quelques-uns de ses airs préférés. Ces vacances lui avaient fait un bien fou !

*

En arrivant chez sa mère, Fred remarqua immédiatement sa joie et sa bonne humeur.

Pendant le goûter, Gisèle raconta sa rencontre, décrivit François et annonça qu'ils avaient l'intention de se revoir de temps en temps. Fred était tellement heureuse pour sa mère, qui profitait enfin de la vie après toutes ces années de sacrifice.

Durant le reste de la journée, Fred s'amusa à observer discrètement sa mère. Le changement était flagrant chez Gisèle, elle était lumineuse, gaie, souriante, légère. Son teint hâlé la rendait encore plus rayonnante, mais ce n'était pas tout. Fred trouvait sa mère différente mais elle n'arrivait pas à définir réellement ce changement. Soudain, lorsque Gisèle revint de la cuisine, cela lui sauta aux yeux : sa mère avait également changé sa garde-robe. Chemisier légèrement plus cintré, plus échancré, jupe raccourcie, avec une taille plus prononcée, tout l'ensemble la rajeunissait. Fred trouva sa mère resplendissante.

*

Pendant les mois qui suivirent, les déjeuners entre mère et fille s'arrêtèrent, Fred reprenant les cours pour son BTS, qu'elle obtint après deux ans de travail acharné. Elle avait alors trouvé un travail en tant que vendeuse en librairie, avec la possibilité de participer au choix d'achats de romans avec son responsable.

Quant à Gisèle, elle accueillait régulièrement François pendant les week-ends, mais refusait de s'engager davantage. Elle n'était pas prête à vivre de nouveau avec un homme, la situation du « chacun chez soi » lui convenait parfaitement. François respectait ce choix, même si de son côté, il aurait souhaité profiter davantage d'elle.

Cette idylle dura deux ans, Gisèle continuant de refuser de vivre en commun avec François, qui finit par se lasser. Gisèle avait tellement été échaudée par son ancien mari, elle ne se permettait pas de faire entièrement confiance aux hommes. Cela ne l'empêcha pas de sortir de temps en temps le week-end, avec Nicole et Michel, ou des collègues. Gisèle fit quelques rencontres, sans que cela n'empiète sur sa liberté, cette nouvelle audace lui convenait parfaitement, elle se sentait enfin maîtresse de sa propre vie, ce fut une véritable renaissance pour elle.

*

En ce soir du vingt-neuf juin, Fred sortit rapidement de son travail, entreprit d'aller faire quelques courses, rentra bien vite chez elle, commença à décorer la table avec une jolie nappe, des bougies, des pétales de roses parsemées. Elle y ajouta des jolis couverts et de la vaisselle ancienne qu'elle avait dénichés en brocante. Elle s'écarta de la table, le résultat lui plaisait. Elle s'empressa d'allumer les petites lampes, créant ainsi une ambiance toute feutrée dans le salon.

Elle se dirigea ensuite dans la cuisine, et commença à préparer le repas qu'elle avait choisi pour l'anniversaire de l'homme de sa vie. Marc avait vingt-neuf ans aujourd'hui, ils se fréquentaient depuis neuf ans et demi déjà, et vivaient ensemble depuis six ans. Malgré tant d'années, leur amour ne cessait de croître.

Fred avait hâte que Marc arrive, elle espérait simplement qu'il ne serait pas trop en retard. Elle avait l'habitude des missions qui prenaient un peu plus de temps, ou des appels pour qu'il rejoigne en urgence ses collègues. Elle acceptait ces contraintes qui faisaient simplement partie du travail quotidien de Marc. Parfois, elle éprouvait malgré tout quelques frayeurs, surtout lorsque Marc devait travailler de nuit.

Fred venait de finir de préparer l'entrée froide et le dessert, les petites pommes de terre nouvelles cuisaient tranquillement dans le beurre, il ne lui restait plus qu'à cuire le magret de canard au dernier moment.

Elle alla rapidement se changer, enfila sa petite robe fleurie et se remaquilla légèrement quand elle entendit la clé dans la serrure. Elle se précipita jusqu'à la porte et sauta au cou de Marc alors qu'il avait à peine franchi le seuil.

« Bon anniversaire mon chéri !

- Merci ma petite femme d'amour ! »

Ils s'embrassèrent et s'enlacèrent longuement.

« Je t'ai préparé une surprise !

- Je me change et j'arrive. »

Marc aperçut la table et sa décoration, il se tourna vers Fred.

« Chut… Ne dis rien, va te changer, je t'attends. »

Marc revint, habillé d'une chemise de lin et d'un pantalon en toile. Fred craquait complètement de le voir si élégant.

*

Après le repas, ils allèrent s'installer dans les transats sur la terrasse. Les températures étaient douces en cette fin juin, le ciel était dégagé laissant apparaître petit à petit la nuit étoilée. Les petits insectes nocturnes commençaient à chanter discrètement. Marc demanda à Fred si elle voulait un thé, se leva et alla à la cuisine préparer un thé à la vanille.

Il revint avec le service à thé et trouva Fred en compagnie du chat des voisins sur les genoux. Fred aimait quand Pantoufle venait ainsi, à l'improviste, il se lovait toujours sur elle, restait sans bouger, repartait quand bon lui semblait, demeurait parfois plusieurs heures, collant Fred, la suivant même dans la maison. Fred caressait tranquillement ce chat, qui ronronnait de plaisir.

« Tu sais, je crois que je suis prête maintenant. »

Elle prit le chat, le posa sur le coussin et vint rejoindre Marc sur son transat. Marc la prit dans ses bras, l'embrassa sur le front, Fred se cala tout contre lui. Ils restèrent ainsi, sans parler, savourant simplement cet instant suspendu.

Depuis Noël dernier, le sujet de fonder une famille revenait de temps en temps entre eux. L'idée avait été émise par Marc, mais la perspective d'une maternité effrayait légèrement Fred. Pendant ces six derniers mois, cette idée avait germé, et elle se sentait maintenant assez mûre pour envisager d'avoir un enfant.

*

Le week-end suivant, Fred et Marc attendaient Gisèle, Nicole et Michel pour fêter ensemble l'anniversaire de Marc. Fred avait préparé des tartes fines aux pommes, Marc finissait de faire infuser son thé à la vanille.

Quand tout le monde fut réuni, le couple annonça leur décision de fonder une famille. Nicole et Gisèle en eurent les larmes aux yeux, Michel vint vers son fils, le prit par les épaules, le regardant dans les yeux, puis le prit dans ses bras, le serrant fort. Tout le monde finit par se lever, s'enlaçant tendrement, et trinqua à cette fabuleuse annonce.

*

Ce mois de juillet était particulièrement chaud. A huit mois de grossesse, Fred avait du mal à supporter cette chaleur, le moindre déplacement lui réclamant beaucoup d'énergie. Elle alla remplir une bassine d'eau fraîche, se dirigea vers la terrasse. Se baisser pour poser la bassine au sol lui demanda un effort surhumain. Son ventre était bien rond, certes, mais le plus difficile à endurer étaient les douleurs de dos et l'œdème. Elle avait hâte d'être le mois prochain.

Plonger ses pieds dans la bassine lui procura un bien-être immédiat. Se poser, ne plus bouger, voilà ce qu'elle essayait de mettre en place le plus possible depuis le début de l'été.

Pantoufle, le chat des voisins, vint vite la rejoindre. Il passait de plus en plus de temps auprès d'elle, à se demander s'il ne préférait pas vivre ici et tentait de se faire adopter.

Fred se détendit peu à peu, tout en caressant Pantoufle. Ce chat l'aidait à se détendre. Tout était prêt pour l'arrivée de son premier enfant, mais elle ne pouvait s'empêcher de se poser des questions :

elle appréhendait l'accouchement, elle avait peur de ne pas assumer son rôle de mère, de ne pas être à la hauteur. Elle avait hâte tout en redoutant l'arrivée de son petit garçon.

*

Fred commença à sentir les premières contractions alors qu'elle s'apprêtait à préparer le dîner. Jamais elle n'aurait pensé que cela soit si intense et douloureux. Marc l'aida à s'installer dans la voiture puis ils se dirigèrent rapidement vers la maternité, qui, heureusement, n'était qu'à quelques kilomètres.

A peine arrivés, les contractions furent encore plus puissantes. Une sage-femme installa Fred dans une salle d'accouchement et prévint l'anesthésiste pour la péridurale. Fred tremblait de stress, de peur, de douleurs. Elle voyait bien que Marc était nerveux également, ne sachant que faire dans pareille situation. L'attente de l'anesthésiste dura une éternité pour Fred. La sage-femme l'examina, les contractions s'étant rapidement rapprochées.

« On y va, le bébé arrive, on n'a plus le temps pour la péridurale. »

Fred hurlait de douleur, la sage-femme essayait de la guider. Fred tenta d'obéir lorsqu'on lui ordonnait de pousser, mais elle avait l'impression de ne rien maîtriser, les contractions poussaient fortement le bébé, qui fut finalement libéré en très peu de temps.

Lorsqu'on lui posa son petit garçon sur elle, Fred était tellement heureuse, vraiment étonnée que son accouchement se soit déroulé aussi rapidement. Elle serra son fils, Alexandre, contre elle, Marc venait de se rapprocher, les larmes aux yeux. Il les embrassa tous les deux.

Fred dut rendre son bébé au personnel pour les premiers soins. Malgré la fatigue, elle essaya de se relever pour voir ce que l'on faisait subir à son fils. La sage-femme l'en empêcha, la délivrance n'étant pas terminée.

*

Les forts moments d'agitation enfin terminés, Fred et Alexandre avaient été transférés dans une salle plus calme. Marc était assis tout près du lit, il caressait doucement la petite tête soyeuse de son petit garçon.

« Tu veux le prendre ? »

Marc prit délicatement Alexandre, qui fit une petite grimace et se recroquevilla aussitôt dans les bras de son père. Alexandre reprit ensuite son petit air tranquille, serein.

Fred les regarda avec tendresse. Ça y est, ils étaient une petite famille maintenant. Ce sentiment lui fit venir les larmes aux yeux. Deux heures seulement s'étaient écoulées depuis le début de l'accouchement mais elle en avait déjà oublié les douleurs. Qu'ils soient là, tous les trois, était ce qui importait le plus. Ses peurs s'étaient évanouies dès qu'elle avait pu tenir son fils.

Le lendemain, les visites commencèrent à la maternité, Gisèle, Nicole et Michel en premier, Sophia et son compagnon, Eric et sa femme suivirent rapidement. Cette naissance apportait tellement de gaieté. Fred et Alexandre furent choyés durant leurs trois jours à la maternité.

Le retour à la maison se fit doucement, Marc avait en prévision posé ses vacances pour cette étape si importante. Le petit lit d'Alexandre se trouvait dans la chambre de ses parents. Marc avait fait une demande de logement plus grand, mais rien n'était disponible pour le moment. Cela rassurait Fred d'avoir son petit garçon près d'elle, elle pouvait l'entendre respirer, l'entendre se réveiller. Chacun son tour, Fred ou Marc prenait Alexandre pour le câliner pendant que l'autre allait préparer le biberon. Ces premiers moments familiaux furent tranquilles, variant entre repos, tendresse, balades.

Tout était évident, toutes les craintes avaient été très vite dissipées.

*

Environ un mois après la naissance d'Alexandre, Fred sembla déceler une certaine inquiétude dans le regard de sa mère. Fred avait bien essayé de questionner Gisèle, celle-ci lui répondait toujours vaguement que tout allait bien.

Un dimanche de septembre, la petite famille alla rendre visite à Gisèle. Marc prétexta vouloir rendre visite à ses parents, emmena Alexandre avec lui, laissant ainsi Fred et sa mère seules.

« Maman, je vois bien que quelque chose ne va pas depuis un moment, dis-moi ce qui se passe.

- Ça va Fred, je suis peut-être juste un peu fatiguée.

- Je te connais, je suis sûre qu'il y a quelque chose. Tu as rencontré quelqu'un ? Ça ne se passe pas comme tu veux ?

- Non, je n'ai personne en ce moment... »

Fred ne lâcha pas, elle refusait de laisser sa mère dans cet état. A force d'insister, elle obtint une réponse qui la laissa sans voix.

« Ton père est venu plusieurs fois me voir. Il a appris que tu avais eu un enfant, il veut le voir. »

Fred pâlit. Qu'est-ce que cet homme avait encore à venir gâcher sa vie ? Depuis la lettre qu'elle lui avait écrite à Noël dix ans auparavant, elle n'avait plus eu de ses nouvelles.

« Est-ce que tu as son adresse ? Son numéro de téléphone ? Je vais m'en occuper.

- Je lui ai dit de te laisser tranquille, il ne veut rien entendre.

- Ne t'inquiète pas, il va vite arrêter. »

La colère avait envahi Fred. Elle ne comprenait pas l'intérêt soudain que lui portait son géniteur. Etait-ce parce qu'elle avait donné naissance à un garçon ? Son père avait refait surface suite à la naissance de son demi-frère… Décidément, cet homme l'écœurait.

« Donne-moi juste ses coordonnées si tu les as, il ne t'embêtera plus. »

Gisèle recopia les coordonnées de Joël sur une feuille, sa main tremblait.

« Ne t'inquiète pas maman, je sais comment le calmer. Allez, viens maintenant, on va rejoindre tout le monde, tu vas pouvoir t'occuper d'Alexandre. »

Fred enlaça sa mère, elle la sentit si fébrile. La colère qu'éprouvait Fred envers son père s'accrut davantage, elle essaya malgré tout de ne rien faire paraître. Joël avait encore une telle emprise sur sa mère, ce qui révoltait Fred.

*

Gisèle avait transmis une adresse et un numéro de téléphone.

Dès le lendemain matin, lorsqu'Alexandre faisait sa sieste, Fred composa le numéro, et tomba sur une femme.

« Bonjour, je désirerais parler à Monsieur Mercier s'il vous plaît.

- Il n'est pas là pour le moment. Qui le demande ?

- Sa fille. »

Il y eut soudain un grand moment de silence.

« Allo ? Vous êtes toujours là ?

- Euh… Oui.

- Pouvez-vous lui laisser un message s'il vous plaît ?

- Euh… Bien sûr…

- Dites-lui de m'appeler dès que possible, pour que nous puissions fixer un rendez-vous. Je dois le voir assez rapidement.

- Mais… Que lui voulez-vous ?

- Qui êtes-vous s'il vous plaît ?

- Sa femme !

- Très bien ! Si vous souhaitez assister au rendez-vous, j'en serais enchantée. Il est urgent que je le voie. Je compte sur vous pour lui laisser le message ? Je vous laisse mon numéro de téléphone ? Vous avez de quoi noter ?

- Oui, je vous écoute. »

Fred laissa donc ses coordonnées téléphoniques, et raccrocha sans donner plus de détails.

Fred tremblait. Elle n'en revenait pas de l'aplomb qu'elle avait eu face à cette femme. Elle espérait vraiment que celle-ci soit présente lorsqu'elle verrait son père, au moins, les choses pourraient être éclaircies une bonne fois pour toutes.

*

Le soir même, son père téléphona. Fred étant occupée avec Alexandre, Marc répondit.

« Allo ?

- Bonsoir, je suis Monsieur Mercier, Frédérique est-elle là ?

- Bonsoir, elle ne peut pas répondre pour le moment, elle vous rappelle ce soir dès qu'elle le peut. Au revoir.

- Très bien. Au revoir. »

Fred vint rejoindre Marc, amusée.

« Dis donc, tu as été plutôt sec avec lui !

- Il ne mérite rien d'autre. »

Fred prit le temps de donner le biberon à Alexandre, de le câliner. Marc s'en occupa aussi pendant que Fred préparait le repas, et c'est seulement après avoir couché Alexandre et dîné que Fred daigna téléphoner à son père.

« Bonsoir, c'est Fred.

- Bonsoir Frédérique, comment vas-tu ? J'ai appris que tu avais eu un petit garçon !

- Je t'arrête tout de suite, je ne t'appelle pas pour ça. J'aimerais que l'on puisse parler, nous avons à nous expliquer. J'ai parlé à ta femme ce matin, elle est la bienvenue. Peux-tu venir demain soir à l'Indian Rock Café pour 18h00 ?

- Dans un café ? Tu emmèneras ton fils pour me le présenter ?

- Peux-tu venir, oui ou non ?

- Oui, je serai là.

- Très bien, à demain alors. Au revoir.

- Au revoir ma petite Frédérique. »

Marc regarda Fred.

« Eh, tu peux dire de moi, tu n'as pas été très chaleureuse toi non plus !!

- Tu as raison, il ne mérite rien d'autre. »

*

Fred avait choisi l'Indian Rock Café car elle connaissait bien le patron, elle savait qu'au moindre problème, il prendrait sa défense.

Avant de partir de la maison, elle embrassa Alexandre et Marc tendrement.

« T'es sûre que tu ne veux pas que je t'accompagne ? On peut laisser Alexandre chez mes parents.

- Non, pas besoin, t'inquiète pas, ça ne sera pas trop long de toute façon.

- Je t'aime.

- Moi aussi. »

Fred appréhendait malgré tout cette entrevue, dix ans qu'elle n'avait pas eu de nouvelles de son père, et quinze ans qu'elle ne l'avait pas revu. Mais la colère prenait le dessus sur sa peur et Fred était bien déterminée à ce que Joël ne s'immisce plus jamais dans sa vie, ni celle de sa mère.

Arrivée au café avec un quart d'heure d'avance, elle alla prendre sa place habituelle sur la banquette donnant face à la porte d'entrée. L'attente fut interminable, Fred souhaitait que ce rendez-vous se termine au plus vite.

Un couple avec un adolescent entra dans le café. Fred crut reconnaitre son père, mais le laissa un peu chercher. Cette situation ubuesque l'amusait, Joël n'avait pas l'air très à l'aise et ne semblait même pas la reconnaître.

Fred leva le bras pour signaler sa présence, Joël, sa femme et Diego vinrent alors à sa rencontre.

Joël se pencha, enjoué, pour embrasser Fred, mais celle-ci lui tendit la main. L'ambiance devint soudainement glaciale.

« Bonjour Frédérique, tu as bien changé ! Je te présente Mireille, ma femme, et Diego, ton frère.

- Bonjour Madame, bonjour Diego. Asseyez-vous.

- Je suis si content de te voir ! Mais… Tu es seule ? Tu n'as pas amené ton fils ?

- Non, papa, comme je l'ai dit à ta femme, je souhaitais te voir rapidement. Nous devons éclaircir plusieurs points.

- Ah ! Je suis étonné, je pensais rencontrer mon petit-fils, et…

- Laisse-moi parler s'il te plaît. Je ne suis pas là pour que tu joues le rôle de grand-père alors que tu nous as abandonnées maman et moi lorsque je n'avais que dix ans.

- Mais, je ne vous ai pas abandonnées, tu as même refusé de venir passer Noël avec nous !

- Quand tu es parti, j'avais dix ans, tu as menti à maman en lui disant que tu allais travailler à l'étranger, alors qu'en fait, tu es parti vivre avec ta maîtresse. Désolée, Madame, je suppose que c'était vous ? Pendant cinq ans, nous n'avons eu aucune nouvelle de ta part, et tout à coup, tu as voulu m'imposer un Noël avec ta nouvelle famille ! Apparemment, tu as bien eu ma lettre car ça fait maintenant dix ans que je n'ai plus eu de tes nouvelles. Au fait Madame, mon père vous a-t-il fait lire ma lettre ?

- … Non… Je ne suis pas au courant…

- J'avais quinze ans, mon père avait décidé de venir me chercher pour Noël, vous souvenez-vous ?

- … Oui, mais il m'a dit que votre mère avait fait un scandale et avait refusé que vous veniez.

- Ah bon ?? Papa, tu veux dire toi-même la vérité, ou c'est moi qui raconte ? Je vais raconter…. Mon cher père n'a jamais versé la pension alimentaire à ma mère, elle a dû avoir deux emplois pour qu'on puisse s'en sortir. Alors quand mon cher père a voulu que je vienne passer Noël « en famille », quel culot quand même, je lui ai laissé une lettre dans laquelle je lui demandais de payer toutes les pensions alimentaires dues s'il voulait que je vienne. Bien entendu, mon cher père n'a pas insisté ! A quinze ans, j'ai appris que mon père habitait tout près de chez nous, qu'il avait créé une autre famille sans se soucier de nous, il était alors hors de question que je renoue avec lui. J'espère, Madame, ne pas trop vous choquer. Diego, tu dois avoir treize ans, non ? Je sais que j'ai un demi-frère, tu n'es en rien responsable des agissements de notre père, je serais heureuse que nous puissions nous connaître, si tu en as envie bien sûr. »

Après les paroles de Fred, tout le monde resta sans voix. Le silence qui s'était installé dura longtemps, Mireille et Diego étaient comme sonnés.

« Tu comprendras, papa, que je ne te laisserai jamais connaître mon fils. Ah, oui, j'allais oublier, tu dois toujours la pension alimentaire pour moi à maman. Si tu as un peu de fierté, rembourse-la ! Madame, si Diego veut me joindre, je vous autorise à lui donner mon numéro de téléphone, d'accord Diego ? Et vous, Madame, si vous souhaitez me joindre pour connaître toute l'histoire, n'hésitez pas. Papa, je refuse que tu m'appelles, tu m'as abandonnée, je ne peux pas oublier. Je vous dis au-revoir, Madame et Diego, adieu papa, et surtout arrête de harceler maman, ne la contacte plus non plus, d'accord ? »

Sur ce, Fred se leva et alla dire au-revoir au patron du café, qui était resté non loin de là, prêt à intervenir, au cas où Fred en avait besoin. Mais il avait été impressionné par sa prestance, cette jeune femme était courageuse et savait se défendre.

Chapitre 7

Apaisement

Sa nouvelle collection de céramique avait rencontré un franc succès, les échanges avec les clients s'étaient avérés très chaleureux. Fred appréciait particulièrement ces petites relations avec de simples inconnus. Partager une petite tranche de vie, certains se confiant, d'autres expliquant pour qui était destiné le service de tasses qu'ils achetaient, comme cette femme qui avait acheté deux tasses, une pour elle, une pour son aide-ménagère. Cette femme avait beaucoup plu à Fred, qui avait imaginé le plaisir de ces deux personnes à partager le thé ou le café hebdomadaire. Fred avait supposé qu'une complicité s'était certainement créée autour de ce petit rituel. Elle était ravie de savoir que ses tasses allaient continuer de perpétuer ce moment privilégié entre elles deux.

*

Fred préparait sa valise. Son départ était prévu la semaine prochaine, mais elle aimait s'y prendre à l'avance. Rien que de choisir des tenues légères l'amusait, alors que dehors la pluie et le vent faisaient rage. Trois ans étaient déjà passés depuis son dernier voyage en Inde. Cette année, elle avait réservé une chambre dans une Guest House qu'elle connaissait juste par sa devanture, elle y était régulièrement passée devant, rêvant d'y vivre quelques temps. Lors de son dernier voyage, elle y était entrée, et avait noté avec soin les coordonnées. L'accueil y avait été si simple, si chaleureux, comme partout dans ce magnifique Etat du Kérala. Cette douceur de vivre l'avait conquise dès son premier voyage. Elle n'allait en Inde que pour la troisième fois, mais avait l'impression que ce pays faisait partie d'elle depuis toujours. Dès qu'elle avait foulé le sol de Fort Kochi, Fred s'y était immédiatement sentie chez elle. Un apaisement, un merveilleux bien-être l'avaient envahie, alors qu'elle était venue troublée et anxieuse.

Fred regarda rapidement la pendule. 16h15, elle se donnait jusqu'à 17h00 pour s'occuper de ses petites affaires estivales. Elle mit ensuite l'eau à chauffer pour son thé.

Elle saisit la tasse fumante, alla s'installer dans son canapé, collée au rebord, afin d'observer le mauvais temps par la fenêtre. Fred adorait ces moments de réconfort simples.

Après avoir lentement dégusté son thé, Fred alla se maquiller légèrement et se changea. Elle choisit un Jean's flare avec un chandail un peu lâche bien épais. Elle coiffa ses cheveux longs et y ajouta une barrette en cuir en réunissant les mèches des côtés. Il était temps qu'elle parte. Fred enfila son Kabig, son foulard et sortit, soufflée par quelques rafales de vent.

La route jusqu'à Brignogan était bien sombre en cette soirée d'hiver. Le vent et la pluie réduisaient également la visibilité. Fred n'aimait pas conduire la nuit tombée, mais l'invitation qu'elle avait reçue en valait la peine.

Arrivée devant le restaurant « Ty Coz Mad », Fred se gara devant la baie, resta un instant dans sa voiture à observer la tempête sur la mer. Malgré la nuit tombée, elle pouvait apercevoir les vagues se fracasser sur les rochers, formant l'écume, les embruns venant se perdre sur sa voiture. Les flots étaient déchaînés ce soir.

Fred sortit bien vite de sa voiture et s'engouffra rapidement dans le restaurant. Elle pensait être la première, mais aperçut la petite famille qui l'attendait.

« Bonsoir Fred, heureux de te voir !

- Bonsoir Diego, moi aussi ! Ça faisait longtemps qu'on ne s'était pas vus ! Bonsoir Marie, bonsoir les enfants. »

Tous s'embrassèrent chaleureusement.

« Je ne sais pas comment tu fais pour vivre ici ! Les tempêtes sont terribles, tu n'as pas peur ?

- Oh non, au contraire, j'aime ça. Ça nous rend vivant, et humble aussi. »

Fred était touchée que son demi-frère ait pensé à l'inviter. Ils avaient réussi à créer une relation très satisfaisante. Les liens s'étaient construits tardivement, mais étaient solides.

Le dîner fut décontracté, les discussions vives et enthousiastes. Même s'ils ne se voyaient que rarement, les retrouvailles étaient toujours plaisantes. Ils profitèrent de ce restaurant dans lequel ils étaient quasiment seuls, en ce soir de tempête. Les enfants passèrent la plupart du temps à scruter la mer, le nez collé à la baie vitrée. Ce spectacle les fascinait. Fred regarda sa nièce et son neveu affectueusement. Ils étaient encore jeunes, Manon avait sept ans, et Pierre cinq ans. Peut-être voudraient-ils bientôt venir passer quelques vacances d'été chez elle ? Fred en serait ravie, et proposa cet éventualité en fin de repas. Les yeux des enfants s'écarquillèrent à cette proposition.

« Pourquoi pas ? Hein Marie ? On verra ça quand tu reviendras d'Inde, nous avons encore du temps pour organiser tout ça. »

Fred revint chez elle sous une pluie battante, ravie de cette soirée très réjouissante. Diego était devenu un homme très agréable, sa femme et ses enfants étaient eux aussi vraiment charmants. Fred alla se coucher le cœur léger, reconnaissante des relations qu'ils avaient réussi à créer, bercée par le bruit du vent et de la pluie frappant les vasistas situés juste au-dessus de son lit.

*

Partir en Inde était une véritable épopée. Fred devait tout d'abord aller à Brest. Pour se simplifier la vie, elle avait ensuite choisi de prendre le train jusqu'à Nantes, puis prendre une correspondance qui l'emmènerait directement à l'aéroport Roissy-Charles-De-Gaulle. Habiter au bout de la Bretagne sauvage avait ses avantages, mais également ses inconvénients. Elle ne tint pas compte de ces difficultés. Pour elle, le voyage débutait dès que son amie venait la chercher à son domicile pour ensuite la déposer à la gare de Brest.

Pour ce troisième voyage en Inde, elle l'effectuait pour la deuxième fois seule. Son premier périple avait été un voyage organisé, en petit groupe, mais Fred n'avait pas apprécié cette formule, elle avait eu l'impression de ne pas profiter de ce pays qui la faisait rêver depuis tant d'années. Malgré tout, ce premier circuit avait été un bon tremplin pour appréhender l'Inde, ses craintes ayant été chassées dès son arrivée.

Elle avait hâte de retourner à Fort Kochi. Son deuxième périple en Inde avait été une sorte de fuite en avant, un besoin de changer d'air impératif, alors que ce troisième voyage s'avérait bien différent.

Après être arrivée par le train à Roissy-Charles-de-Gaulle, Fred avait pris la navette l'emmenant directement à l'hôtel qu'elle avait réservé, proche de l'aéroport surdimensionné. Elle restait toujours impressionnée par l'étendue gigantesque de cet aéroport, se perdant à l'infini. La navette l'y ramena le lendemain matin, commença alors l'enregistrement de sa valise, suivi de l'attente pour l'embarquement. L'avion était si imposant, un Boeing 747, d'une longueur interminable. Fred traversa les classes affaires, se dirigea vers le fond de l'avion, où les sièges éco l'attendaient, tout serrés les uns aux autres. Elle avait pu choisir un siège donnant dans le couloir, il lui serait plus aisé de se lever sans constamment déranger ses voisins de sièges durant les dix heures de vol.

L'avion commença à rouler doucement sur le tarmac, prit sa position en bout de piste, et attendit l'autorisation de décoller. Fred adorait tout particulièrement ce moment, lorsque l'avion mettait pleins gaz, le bruit des moteurs devenant assourdissant, déployant la puissance de l'engin. La poussée afin de pouvoir monter dans les airs lui procurait une adrénaline qu'elle appréciait intensément. Cet énorme avion, dont on sentait bien le poids au décollage, l'amenait vers son petit paradis indien.

Chapitre 8

Fatalité

Lorsque Fred revint chez elle après le rendez-vous d'avec son père, sa belle-mère et son demi-frère, ses sentiments étaient partagés. Elle était satisfaite d'avoir pu exprimer ouvertement ses ressentis envers son père et d'avoir pu rétablir la vérité, mais elle s'en voulait d'avoir eu à infliger cette vérité si brutale à cette femme et ce garçon qui, apparemment, ignoraient tout jusqu'à présent.

Elle expliqua cette entrevue à Marc, qui lui conseilla de réfléchir pendant deux ou trois jours aux suites qu'elle voulait y donner. Fred avait envie de s'excuser envers Mireille et Diego, mais ne voulait pas revenir vers eux si vite. La meilleure façon d'agir n'était-elle pas de laisser infuser et mûrir les informations qu'elle leur avait exposées ? Son père était dorénavant démasqué, à eux de se débrouiller avec cet homme à double facette.

La vie quotidienne reprit son cours, Fred avait décidé de laisser Mireille ou Diego la contacter s'ils le désiraient, comme elle le leur avait suggéré.

*

Après son congé maternité, Fred ne reprit pas le travail immédiatement, elle avait décidé de s'occuper pleinement de son fils, qui grandissait et s'épanouissait si vite. Elle aimait se consacrer à son enfant, jamais elle n'aurait pu imaginer la joie qu'un bébé pouvait lui procurer. Ses journées étaient rythmées par les soins à apporter à Alexandre, et pendant les siestes, Fred se consacrait aux tâches ménagères ou confectionnait de petits lainages pour l'automne et l'hiver qui approchaient. Fred se surprit à apprécier ce rythme de vie très basique. Pour elle, rien ne valait plus que de se consacrer à son rôle de mère.

Marc continuait ses missions, ses gardes, qui parfois lui pesaient davantage maintenant qu'il était devenu père. Il aurait parfois préféré pouvoir rester plus souvent à la maison, la nuit surtout, laisser Fred et Alexandre seuls le culpabilisait. Il s'épanouissait tellement depuis qu'il était avec Fred, c'était une telle évidence d'être avec elle. L'arrivée de son fils l'avait comblé comme il ne l'aurait jamais imaginé, ce petit être était venu souder encore plus sa famille.

Fred et Marc n'en n'oubliaient pas pour autant leur couple. Régulièrement, ils allaient au restaurant ou au cinéma. Dès qu'ils envisageaient une sortie, ils faisaient appel, soit à Gisèle, soit à Nicole et

Michel. Chacun était enchanté de venir chérir leur petit-fils, Fred et Marc s'amusaient de les voir aussi enthousiastes. A peine arrivés à la caserne, les grands-parents ne s'occupaient plus que d'Alexandre, oubliant presque le jeune couple qui pouvait s'éclipser en toute confiance.

Les réunions de famille, entre les Simon et les Mercier étaient joyeuses, réconfortantes. Ils avaient tous plaisir à se retrouver. Les Noëls, les anniversaires, étaient entremêlés de joie, de bienveillance, les discussions des adultes étaient animées par de vives discussions, des fous rires, mais aussi des confidences. Les enfants de la nouvelle génération constituée par les enfants d'Eric, de Sophia, et maintenant de Fred et Marc, grandissaient gaiement ensemble. Toute cette petite tribu était infiniment soudée, heureuse de son sort.

*

Fred et Marc purent déménager lors des treize mois d'Alexandre, un logement avec trois chambres s'étant libéré. Comme au premier déménagement, toute la famille vint les aider. Pantoufle, le chat des voisins, les suivit également, alors que le logement se trouvait quatre maisons plus loin. Pantoufle vivait continuellement dans leur maison maintenant, tout en ayant la liberté de retourner parfois chez ses anciens maîtres. Fred était très reconnaissante que ce chat les ait choisis.

Fred entreprit de décorer la chambre de son fils en repeignant les murs d'un blanc cassé et y colla différents stickers. Elle avait choisi un joli renard posé sur un croissant de lune, aux couleurs automnales chaleureuses qui adoucissaient la chambre. Elle y ajouta quelques feuillages et arbres formant un charmant univers forestier. Elle dénicha une vieille malle et la rénova en la dépoussiérant, la patinant, faisant ainsi ressortir son joli bois naturel.

Maintenant qu'Alexandre possédait sa propre chambre, Fred se permit d'acheter quelques jouets et peluches supplémentaires, Gisèle et Nicole l'ayant accompagnée tout un après-midi pour ces petites emplettes. Toutes trois avaient alors passé un moment féérique à choisir de nouveaux trésors pour cet enfant qui leur apportait tant de joie.

Fred eut du mal à inscrire Alexandre en crèche, elle souhaitait surtout continuer d'être en sa présence jour et nuit. Ce petit être avait totalement bouleversé sa vie, ses responsabilités. Son instinct maternel était apparu immédiatement et ne cessait de s'accroître, elle qui avait tant douté de ne pas réussir à devenir mère.

*

Pour la première rentrée scolaire de son fils, Marc avait posé sa demi-journée. Alexandre commença donc l'école accompagné de ses deux parents, si fiers mais si terrifiés de le laisser prendre son premier envol.

Alexandre se montra très fier également, avec son petit sac contenant son doudou. Il se tenait au milieu de ses parents, leur serrant chacun la main. Ce premier trajet à pied jusqu'à l'école était rempli d'émotions. Un mélange de peur, d'appréhension, d'envie, de crainte, était visible sur chacun de leur visage. Fred se rassurait en se remémorant l'enthousiasme de son fils à fréquenter la garderie.

Dès l'entrée dans le bâtiment, Alexandre se figea, refusant d'avancer dans le grand couloir menant à sa classe. Il fut impressionné par l'effervescence de toutes ces personnes obstruant le passage. Parents et enfants provoquaient une cacophonie impressionnante. Fred et Marc se regardèrent, surpris et désemparés.

« Mon poussin, qu'est-ce qui se passe ? Viens, ta classe est là-bas, dans le fond. »

Alexandre se blottit contre la jambe de sa mère. Marc s'accroupit, le prit dans ses bras.

« Si tu veux, je te porte jusqu'à ta classe, d'accord ? »

Alexandre fit un léger mouvement de tête et se cramponna fort au cou de son père. Fred et Marc se tinrent la main, aussi frébriles que leur fils.

Arrivés devant la classe, ils purent accompagner leur enfant un petit instant. Après les premières peurs légitimes, le petit garçon commença à s'intéresser aux diverses activités proposées. La maîtresse demanda ensuite aux parents présents de bien vouloir partir. Fred et Marc prirent le temps d'embrasser leur fils, mais pour eux, le laisser fut assez déstabilisant. Alexandre demeurait à leurs yeux ce petit être fragile, à protéger à tout prix. Ils réalisaient soudainement qu'il n'avait plus autant besoin d'eux. Fred et Marc se retrouvèrent ainsi face à cette porte fermée, assez démunis. Ils rentrèrent à la caserne silencieusement, se tenant mutuellement, leur rôle de parents évoluait rapidement, peut-être trop vite à leur goût.

*

Fred continua de gérer le quotidien de la maison, elle appréciait toujours autant s'occuper d'Alexandre, l'amener et le chercher à l'école matin, midi et soir. Elle aimait également tout préparer lorsque Marc devait travailler avec des horaires décalés. Son rôle de mère et de compagne la remplissait de bonheur.

Tous trois partageaient de vrais moments fusionnels, à fortiori pendant les vacances et les jours de repos de Marc. Dès que les beaux jours revenaient, Fred et Marc préparaient le panier de pique-nique, emmenaient Alexandre profiter de la plage, des sentiers côtiers, ou de la forêt de pins située à seulement vingt minutes de chez eux. Alexandre exprimait alors pleinement sa joie de vivre, sa soif de connaissance, profitant entièrement de ces moments privilégiés.

Il affectionnait particulièrment les soirs lorsque Marc ne travaillait pas. Il savait que son père allait s'occuper de lui alors que sa mère préparait le dîner. Marc adorait lui lire ensuite une histoire et le coucher tendrement. Toute la douceur, toute l'affection de ses parents lui permettaient de s'épanouir parfaitement.

*

L'entrée d'Alexandre en CP conduisit Fred à se poser quelques questions. Son fils avait dorénavant six ans, était devenu plus autonome, elle éprouvait le besoin de retrouver une vie professionnelle.

Un soir d'octobre, Fred finissait de laver la vaisselle. Marc, après avoir couché Alexandre, vint la rejoindre, l'enlaça en se collant à son dos, l'embrassa dans le cou.

« Tu es bien silencieuse ce soir…

- Oui, je réfléchis.

- A quoi ?

- J'aimerais reprendre un travail. Mais je ne veux pas tout chambouler.

-Comment ça, tout chambouler ?

- Toi, Alexandre, nos habitudes. »

Marc prit Fred par les épaules, la fit se retourner face à lui.

« Pourquoi une reprise d'un travail nous chamboulerait ? Si tu ressens le besoin d'une activité professionnelle, vas-y, fonce.

- Il faudrait qu'Alexandre aille à la cantine, et je ne pourrais plus te préparer à manger aussi souvent.

- C'est ça qui t'inquiète ? »

Marc prit Fred dans ses bras.

« Tu sais, tout ce qui m'importe c'est que tu sois épanouie, et Alexandre s'habituera à la cantine. Et puis, je peux me faire à manger quand même ! »

Ils se sourirent mutuellement.

« J'ai cherché un peu déjà, et j'ai trouvé une annonce qui pourrait me correspondre.

- Alors, fonce !

- Mais, on avait aussi parlé d'un deuxième enfant…

- Oui, et alors ? Pour le moment, c'est juste un projet, alors ne te brides pas, on a tout le temps pour avoir un deuxième enfant. »

Dès le lendemain, Fred alla déposer son Curriculum Vitae dans un célèbre magasin de meubles. Elle fut rapidement engagée, son travail consistant à dénicher des articles et des meubles du monde originaux. Fouiller, répertorier, proposer ensuite ses trouvailles à son supérieur la passionnait.

Elle ne culpabilisa pas trop longtemps de retravailler, Alexandre s'habitua effectivement assez vite à rester la journée à l'école, et avec Marc, ils se partageaient les tâches comme au début de leur vie commune.

*

Marc venait tout juste de terminer sa journée de travail. Il faisait particulièrement beau et chaud en ce mardi soir de juillet.

Fred avait préparé des salades froides pour le repas. Ils s'installèrent sur la terrasse extérieure, Pantoufle dormant paresseusement sur l'un des transats.

Après le dîner, Alexandre joua encore un peu dans le jardin, profitant de cette soirée estivale, l'air se rafraîchissant à peine, pendant que ses parents dégustaient, comme à leur habitude, leur thé à la vanille.

Marc avait eu très peu de soirées paisibles depuis le début de l'été, la gendarmerie étant en sous-effectif, il lui fallait répondre aux appels de missions imprévues.

Il accompagna Alexandre pour le coucher vers 22h30, puis rejoignit Fred sur la terrasse. La nuit commençait à tomber tranquillement, livrant un magnifique ciel étoilé. Fred et Marc contemplaient ce formidable spectacle quand, soudain, le téléphone retentit.

« Oh non, encore ? Tu ne vas quand même pas retourner travailler cette nuit ? Tu te rends compte, tu ne vas même pas dormir, tu as déjà fait toute ta journée… Et puis, tu n'as pas eu de repos depuis combien de temps ?

- Je vais voir ce que c'est. »

Marc alla discuter au téléphone dans la cuisine, et revint pour annoncer qu'il devait repartir.

« Des collègues ont besoin de renforts pour un contrôle routier anti-drogue. Je dois y aller…

- J'ai pas envie que tu partes cette nuit, ils ne peuvent pas trouver quelqu'un d'autre ? Tu fais déjà beaucoup de remplacements…

- Je sais, je n'ai pas envie d'y aller non plus, mais je n'ai pas le choix… »

Fred se leva, enlaça son compagnon, le serra fort.

« Reviens vite, je n'ai vraiment pas envie que tu partes cette nuit. »

Marc alla rapidement se changer pour revêtir sa tenue de gendarme, et quitta la maison vers minuit. Fred rangea alors la vaisselle, puis alla se coucher, mais n'arriva pas à trouver le sommeil. Il lui arrivait souvent d'être inquiète lorsque Marc devait effectuer ses missions, mais cette nuit, ce qu'elle ressentait était différent, une légère angoisse s'approchait. Marc ne se reposait que très peu depuis quelques semaines, elle avait si peur pour lui.

*

Fred réussit à s'assoupir vers 2h00 du matin. Elle espérait que Marc puisse revenir dans le courant de la nuit, et non au petit matin, comme la plupart du temps.

A 5h30, le téléphone sonna. Fred fut immédiatement réveillée, aux aguets. Marc n'était toujours pas rentré, un appel en pleine nuit signifiait forcément qu'il s'était passé quelque chose.

Fred se précipita sur le téléphone. Une voix grave, qu'elle reconnut immédiatement, lui fit battre le cœur encore plus vite.

« Madame Mercier… Commandant Giffard. Il est arrivé un accident cette nuit, votre compagnon a été emmené aux urgences. Si vous le souhaitez, ma femme va venir garder votre petit garçon, et je vous emmène à l'hôpital. »

Fred blêmit dès les premiers mots du supérieur de Marc. Elle resta sans voix, dans l'impossibilité de réfléchir. Son esprit s'embruma, se brouilla totalement.

« Madame Mercier ? Etes-vous là ?

- Oui… »

Sa voix était quasiment inaudible.

« Nous arrivons immédiatement. »

Fred raccrocha telle une automate, marcha lentement vers le canapé et s'y laissa tomber sans même s'en apercevoir. Cinq minutes à peine s'étaient écoulées quand elle entendit frapper à la porte. Elle sortit légèrement de sa stupeur et alla ouvrir.

Monsieur et Madame Giffard entrèrent. Fred demeurait pétrifiée. Madame Giffard prit Fred par le bras, la ramena jusqu'au canapé. Elles s'assirent toutes deux.

« Frédérique, désirez-vous que je vous aide à vous habiller pour que vous puissiez aller à l'hôpital ? Ensuite mon mari vous y emmènera. Je reste ici pour surveiller Alexandre. »

Fred sembla sortir quelque peu de sa torpeur.

« Je vous remercie, je vais vite aller m'habiller. »

Fred fit les gestes machinalement. Plus tard, elle dira ne plus se rappeler de ce qu'elle avait pu faire exactement.

En revenant dans le salon, elle prit un bloc-notes, et nota le petit déjeuner préféré d'Alexandre. Elle nota également les numéros de téléphone de sa mère et de ses beaux-parents, demandant à Madame Giffard si elle pouvait les prévenir dès 8h00.

Sur la route de l'hôpital, Fred commença à interroger Monsieur Giffard sur l'accident survenu plus tôt.

« La compagnie avait pour mission de réaliser des contrôles d'alcoolémie et anti-drogue. Une voiture a refusé de s'arrêter et a foncé sur deux gendarmes. Marc est l'un d'eux.

- Il est gravement blessé ?

- Oui, apparemment c'est sérieux, mais les médecins vous en diront plus. »

Une boule au ventre et à la gorge ne quittaient plus Fred. Ses mains tremblaient, son corps se recroquevillait. Elle avait l'impression qu'elle avait senti le drame arriver lorsque Marc avait reçu l'ordre de revenir travailler.

*

Arrivée à l'hôpital, Fred se précipita vers les infirmières. On la dirigea vers le service de soins intensifs. Fred se mit à paniquer lorsqu'on lui empêcha l'entrée de la chambre de Marc. Elle se mit à crier, à ordonner de le voir, à pleurer.

Monsieur Giffard, toujours présent à ses côtés, la prit dans ses bras, essaya de la calmer, mais rien n'y faisait. Fred ne pensait qu'à une seule chose :

être auprès de Marc. Il lui fallut attendre de longues minutes interminables avant d'être enfin autorisée à aller le voir. Le médecin essaya en vain de lui expliquer que Marc était gravement blessé, son intention de préparer Fred à la vue de son compagnon branché à d'innombrables appareils fut vaine. Fred s'engouffra dans la chambre, n'écoutant plus personne.

Elle se retrouva au chevet de Marc. Tant de fils étaient reliés à son corps, le silence pesant était interrompu par les « bip » répétés des machines. Marc était inerte, des plaies apparentes au visage et aux bras.

Fred n'osa pas le toucher, les larmes roulaient sans cesse sur ses joues. Elle s'avança délicatement, rapprocha la chaise du lit, s'assit le plus près possible et osa enfin lui prendre la main. Elle murmura quelques mots, à peine audibles. Fred caressa délicatement la main de Marc, lui massant légèrement chaque doigt, comme elle avait l'habitude de faire lorsqu'ils se retrouvaient à rêvasser sur leur terrasse, ou devant un bon film.

Le personnel médical continuait d'aller et venir dans la chambre, mais Fred semblait ne pas les voir. Elle restait fixée sur cet homme qui était tout pour elle, le seul qu'elle ait jamais aimé.

Les heures qui suivirent furent encore plus éprouvantes. Les machines reliées à Marc ne faisaient que sonner, le personnel s'affairait sans cesse autour de lui, demandant à Fred de sortir régulièrement. Marc ne reprit pas connaissance, tellement assommé par les anti-douleurs qu'on lui injectait en permanence. Les examens s'enchaînaient les uns après les autres, scanner, échographie, directement dans la chambre, Marc ne devant pas être bougé.

Vers 8h30, Nicole et Michel arrivèrent, très éprouvés. Ils vinrent rejoindre Fred qui attendait en tournant sans cesse sur elle-même dans le couloir. Ils se prirent tous les trois dans les bras, en pleurs, si inquiets.

Fred apprit que sa mère avait pris le relais de Madame Giffard pour Alexandre, ce qui la soulagea. Elle n'osait imaginer la frayeur de son fils lors de son réveil avec pour toute compagnie une de leurs voisines.

Tout à coup, le personnel hospitalier s'anima davantage, le médecin s'approcha de la famille pour leur signifier que Marc faisait une hémorragie interne, il allait être opéré d'urgence. Fred fut terrassée par cette annonce.

L'opération chirurgicale était interminable, plusieurs heures passèrent avant que Fred, Nicole et Michel eurent des nouvelles.

« Nous avons pu stopper l'hémorragie, mais Monsieur Simon est très affaibli, nous le gardons sous surveillance. Pour le moment, je ne peux vous autoriser à aller près de lui, je reviendrai vers vous dès que possible. »

Fred s'effondra en pleurs. Le cauchemar continuait, elle n'arrivait pas à réaliser ce qu'il se passait, leur vie avait basculé si soudainement.

Le médecin revint les alerter que la santé de Marc s'aggravait, avec un arrêt cardiaque récent. Fred insista tellement pour être à son chevet que le médecin accepta dans l'espoir que cela aide à stabiliser Marc.

Fred se précipita dans la pièce, elle réussit à lui parler, doucement, essayant de le rassurer, qu'il sente sa présence à ses côtés. Elle lui prit la main, eut l'impression que Marc venait de serrer très légèrement ses doigts. Fred l'embrassa, se colla légèrement à lui, lui répétant qu'elle l'aimait. A nouveau, elle sentit une légère pression sur ses doigts, elle n'avait donc pas imaginé la première fois.

Soudain, une machine retentit, le personnel débaula si rapidement dans la chambre, pressant Fred de sortir. Cette effervescence était insupportable. A nouveau, l'attente reprit, les bruits et les voix provenant de la chambre étaient si angoissants, l'urgence était palpable. Puis… Le corps médical se calma, les voix se firent moins fortes. Fred pensa que Marc avait pu être à nouveau stabilisé, elle ne souhaitait qu'une seule chose, retourner auprès de lui.

Au lieu de cela, le médecin sortit avec un air grave, épuisé. Fred, Nicole et Michel comprirent immédiatement.

« Monsieur Simon a fait un second arrêt cardiaque, nous n'avons pas réussi à le sauver… »

Le sol se déroba sous les pieds de Fred, elle blêmit, paralysée, inerte. Les mots que le médecin venait de prononcer ne parvinrent pas jusqu'à elle, son cerveau refusant cette issue fatale.

Elle était comme déconnectée, ses beaux-parents étaient effondrés, ils se retrouvaient là tous les trois vidés, avec cette douleur indescriptible. Ils allèrent au chevet de Marc. Fred s'en approcha doucement, lui caressa les cheveux, le visage. Elle ne pouvait croire qu'il était parti. Elle resta de longues heures à ses côtés, essayant de poursuivre leur connexion, ne pouvant se résigner à accepter la vérité. Fred avait posé sa tête dans le creux de la clavicule de Marc, refusant de le quitter, tant son chagrin était insurmontable.

*

Fred vécut les jours suivants dans une sorte de brume, dans un état second.

Tout le monde s'affairait autour d'elle, notamment pour organiser les obsèques, alors qu'elle semblait flotter, ralentie, incapable de réagir. Son esprit refusait toujours d'accepter la mort de Marc.

La seule chose que Fred réussissait, était de s'occuper d'Alexandre, en mode automatique. Elle n'était pas certaine qu'il comprenne également la gravité de la situation, mais qu'ils se retrouvent ensemble, à essayer de perpétuer leurs petites habitudes, les aidait à surmonter cette épreuve.

La nuit, Alexandre venait rejoindre sa mère dans le lit, ils se collaient alors l'un à l'autre, se réconfortant mutuellement. Pantoufle était également très présent, beaucoup plus qu'à l'accoutumée, ne quittant plus la maison, ne sortait que très peu de temps alors qu'il faisait une chaleur écrasante en ce mois de juillet, et revenait rapidement se lover tout contre Fred et Alexandre.

*

Le jour des obsèques, Fred eut la surprise de voir que son demi-frère Diego et sa belle-mère, étaient présents. Elle regarda autour d'eux mais ne vit pas son père, ce qui la rassura, elle ne souhaitait pas devoir lui parler en ce jour si funeste.

Diego était dorénavant un jeune homme de vingt ans, il avait un air sérieux, mûr. A la fin de la cérémonie, il hésita à venir vers Fred, qui, remarquant cette hésitation, s'avança vers lui. Il n'y eut de prime abord aucun dialogue entre eux, ils se regardèrent, les larmes aux yeux, s'enlacèrent tout en s'accordant le droit de pleurer dans les bras l'un de l'autre. Fred murmura alors un léger merci à l'oreille de son frère, sa voix tellement étouffée qu'il lui fut impossible de prononcer quoi que ce soit d'autre.

« Je te donne notre adresse et notre numéro de téléphone, à maman et moi, appelle-moi dès que tu le veux, même la nuit. Nous ne nous connaissons pas vraiment, mais je suis ton frère et tu peux compter sur moi. Si tu es d'accord, je viendrai te voir aussi. »

Fred ne pouvait qu'acquiescer, les mots restaient bloqués tellement sa gorge était nouée. Elle appréciait sincèrement ce geste de solidarité inattendu.

Gisèle et Nicole vinrent les rejoindre. Fred arriva à se reprendre et leur présenta Diego et Mireille.

« Ma chérie, nous allons rentrer à l'appartement. Si tu le souhaites, ton frère et sa mère sont les bienvenus. »

Nicole était tellement adorable, elle venait de perdre son fils, mais ne pensait qu'au bien-être de

Fred. Fred l'admirait vraiment, elle avait montré une telle force de caractère durant toute cette épreuve.

« Maman, es-tu d'accord pour que Diego et Mireille puissent venir ?

- Oui ma chérie, nous pourrons ainsi nous connaître davantage. »

Gisèle esquissa un léger sourire en direction de Mireille. Pendant de nombreuses années, elle avait cru que cette femme lui avait volé son mari, mais avait réalisé par la suite que Mireille avait été, comme elle, une victime de Joël.

Mireille fut très touchée par ce geste et accepta volontiers de les suivre jusqu'à l'appartement.

*

Cette réunion familiale après la cérémonie pour Marc aida Fred à reprendre ses esprits. Il lui aurait été inconcevable de se retrouver seule si soudainement.

Fred s'assit dans le petit salon, réservé autrefois aux enfants Simon. Les souvenirs de ce lieu l'envahirent. Cet endroit avait été témoin du commencement de l'amour que Fred et Marc s'étaient portés depuis dix-sept ans, lorsque Marc l'avait consolée suite à l'horrible lettre de son père pour Noël. Toutes ces années furent les meilleures de son existence. Elle se demandait maintenant comment elle allait pouvoir vivre sans lui, ils étaient tellement fusionnels, tout s'était arrêté brusquement.

Fred décida d'aller rejoindre la famille dans le grand salon.

Sitôt dans la pièce, Fred remarqua que Mireille se tenait à l'écart, assez mal à l'aise. Fred alla la rejoindre et osa lui poser une question qui la taquinait depuis le cimetière.

« Puis-je vous poser une question indiscrète ? »

Mireille se mit encore plus sur la défensive, essayant malgré tout de le dissimuler.

« Tu peux me tutoyer, tu sais. Et oui… Vas-y.

- Diego m'a dit qu'il me donnait votre adresse et votre numéro de téléphone, à vous deux. Tu ne vis plus avec mon père ? »

La question, assez brutale, surprit Mireille.

« Nous ne sommes plus ensemble depuis des années. Après notre première rencontre toutes les deux, à l'Indian Rock Café, où tu nous as expliqué ce que ton père avait osé vous faire, à toi et ta mère, je lui ai demandé des explications. Il a bien sûr tout nié. Il t'a dénigré, critiqué ta pauvre mère.

Je me suis rendue compte qu'il me mentait depuis le début.

- Vous vous êtes séparés à cause de moi ?

- Pas à cause de toi, grâce à toi. Si tu es d'accord, j'aimerais que l'on puisse se revoir, je pourrais t'expliquer tout ce qui s'est passé. J'aimerais également pouvoir parler avec ta mère, mais je ne pense pas qu'elle accepte. Elle doit me haïr.

- Oh non, elle ne te hait pas, elle pense que tu as dû tomber dans le même piège qu'elle. Si tu veux, je lui demanderai pour que l'on puisse se retrouver toutes les trois.

- D'accord. Je te remercie de ta bienveillance, tu es une femme extraordinaire. »

Tout en parlant, Mireille avait pris les mains de Fred. Elle avait tant redouté ce moment de confrontation, elle n'avait jamais imaginé que Fred et sa mère se montrent autant compréhensives.

*

Durant les jours suivant la cérémonie pour Marc, Fred reçut régulièrement de la visite. Elle appréciait toutes ces marques de sympathie, même si elle avait préféré parfois rester seule.

Gisèle, étant en vacances, lui proposa même de prendre Alexandre pour quelques jours. Fred refusa catégoriquement, elle ne pouvait concevoir d'être séparée de son fils, alors que la perte tragique de Marc lui était déjà insurmontable. Gisèle choisit alors de venir tous les midis. Elle apportait à manger, se mettait à préparer le déjeuner pour eux trois. Le repas était souvent silencieux, mais Fred appréciait ce geste de la part de sa mère. Organiser le quotidien était encore prématuré pour elle.

Environ une semaine après la cérémonie, Fred osa aborder le sujet de Mireille et Diego. Gisèle était réticente pour une rencontre avec Mireille, même si elle était consciente que Joël l'avait bernée, tout comme elle, Mireille restait malgré tout la maîtresse de son mari. Après mûre réflexion, Gisèle accepta de rester un après-midi, Fred ayant accepté que Mireille passe pour le goûter.

L'ambiance était assez tendue lorsque Mireille arriva, personne n'osant vraiment discuter. Fred décida de briser la glace et amena immédiatement le sujet de son père.

« Mireille, tu m'as dit que mon père t'avait menti. Est-ce que tu peux nous en dire plus ? Quand et comment vous êtes-vous rencontrés ?

- Nous nous sommes rencontrés au travail, une secrétaire étant en arrêt maladie, on m'avait demandé de la remplacer. Joël m'a alors abordé à plusieurs reprises. A l'époque, c'était un homme charmant, et puis il m'avait dit qu'il était divorcé.

- Quoi, il vous a dit ça ?

- Oui Gisèle, c'est ce qu'il m'a dit. Je ne me suis pas posée plus de questions, il avait l'air si seul. Tu peux me tutoyer tu sais, ça ne me dérange pas.

- D'accord… Quel toupet ! Je gérais tout à la maison, il arrivait le soir, n'avait que les pieds à glisser sous la table, je lui servais même son whisky dans son fauteuil…

- Je faisais la même chose lorsqu'il est venu vivre avec moi.

- C'est lui qui a décidé de venir vivre avec toi ?

- Pas tout de suite. Lorsque je lui ai annoncé que j'étais enceinte, ça l'a d'abord énervé. Ensuite, quand il a su que c'était un garçon, là il m'a annoncé vouloir fonder une vraie famille, et il est venu s'installer chez moi.

- Est-ce qu'il t'avait dit que j'existais ?

- Oui, il m'avait dit qu'il avait une grande fille, mais il jouait les hommes malheureux, me disant que son ancienne femme refusait qu'il puisse te voir. Je sais maintenant que tout ça est faux. J'ai aussi appris que durant les premières années où l'on se fréquentait, il avait plusieurs femmes en même temps. Son petit logement était apparemment une véritable garçonnière. Je l'ai appris une fois que je l'ai mis à la porte, les langues se sont alors déliées.

- Désolée de te demander ça, mais quand avez-vous commencé à vous fréquenter ?

- En 1978.

- On a divorcé en 1980.

- Ah… Je suis vraiment désolée, je n'étais pas au courant.

- Pas de problème. Et donc, pendant trois ans, il a vécu dans une garçonnière ?

- Oui, il me disait qu'il ne pouvait pas se payer autre chose que son petit studio, à cause de la pension alimentaire exorbitante qu'il devait te donner.

- Oh, le mufle !! Il ne m'a jamais rien donné !!

- Oui, je l'ai appris par Fred lorsqu'on s'est vu au café. Ça a été un vrai choc pour moi. Surtout que depuis la naissance de Diego, j'avais du mal à faire les courses, Joël ne pouvait soi-disant pas m'aider à payer… C'est là que j'ai explosé, lorsque je me suis rendue compte que tout n'était que mensonge. Toutes ces années à faire attention à tout ce que j'achetais, avec les remarques de Joël en plus, parce qu'on mangeait tout le temps la même chose…. Une semaine après notre rendez-vous au café, je l'ai mis à la porte. Et là, vous savez où il est parti ? Dans sa garçonnière !! Il l'avait gardée, y allait régulièrement, alors qu'il me disait qu'il partait en séminaire ! »

Fred et Gisèle étaient sidérées par ce récit.

« Et comment ça s'est passé avec Diego ?

- Joël a tout fait pour le récupérer, il a même essayé d'obtenir sa garde ! Mais je n'ai rien lâché, et puis il a été assez bête pour garder son studio tout le temps de notre vie commune, mon avocat n'a pas eu besoin de beaucoup plaider, surtout qu'il y avait les antécédents de la non version de ta pension alimentaire. Il a tout perdu, juste obtenu quelques droits de visite que Diego a toujours refusés, et obligation de verser la pension alimentaire, sinon je pouvais saisir un huissier et il aurait eu une retenue sur salaire. D'ailleurs, quand j'ai vu ce qu'il avait comme salaire ! J'étais encore plus en colère après lui. Diego peut faire de bonnes études grâce à la pension alimentaire, et je lui mets ce qui reste tous les mois sur un compte pour l'aider à s'installer plus tard. Et Joël continue de payer !! Rien que de savoir ça, je jubile !!! »

Les trois femmes se mirent à rire. Imaginer Joël devoir payer depuis des années alors qu'il avait tout fait pour ne pas assumer son rôle de père était effectivement très jubilatoire.

Avec tout le récit de Mireille, l'ambiance s'était largement détendue. Gisèle éprouvait de la compassion pour cette femme qui avait subi l'irresponsabilité de Joël encore plus qu'elle. Le reste de l'après-midi se poursuivit dans la bonne humeur. Mireille avait apporté quelques petites pâtisseries, Fred alla préparer l'habituel thé à la vanille qu'elle et Marc affectionnaient particulièrement.

Mireille était contente d'avoir enfin pu parler à Gisèle et lui révéler ce qui s'était réellement passé. Gisèle comprit à son tour que Mireille n'était pas une briseuse de couple. Joël, qu'elle méprisait déjà, battait tous les records de goujaterie, de rustrerie. Cet homme était vraiment abject. Gisèle était ravie que Mireille ait réussi à s'en débarrasser, et qu'elle se soit battue pour l'obliger à faire face à ses responsabilités. Elle n'avait pas eu ce courage, elle le regrettait parfois. Au moins, Joël avait eu ce qu'il méritait, c'était bien l'essentiel.

*

L'été se poursuivit difficilement, Fred et Alexandre sortaient peu de la caserne. Affronter la vie extérieure était devenu pénible pour Fred. Elle se sentait plus rassurée de rester dans leur petite maison, avec Alexandre et Pantoufle. Alexandre semblait affronter son immense chagrin, mais son père lui manquait terriblement. Il lui arrivait parfois de pleurer seul dans son lit. Il essayait du haut de ses sept ans de ne pas pleurer devant sa mère, il savait comme elle était triste elle aussi. Son anniversaire n'avait bien sûr pas été aussi joyeux que d'habitude, malgré la présence de toute sa famille.

La rentrée scolaire approchait. Alexandre l'appréhendait car il redoutait les questions de ses petits camarades. Et puis il y avait la fameuse fiche à remplir avec les noms, prénoms, professions des parents. Qu'allait-il écrire pour son père ? Une semaine avant la rentrée, cette question ne cessait de le hanter. Alexandre décida le matin de la rentrée qu'il allait écrire le nom de son père, comme s'il était encore présent. Après tout, c'était vrai, sa mère lui avait bien expliqué que son père vivrait toujours dans son cœur et son esprit.

*

Le premier Noël après le drame fut bien sombre et éprouvant, tout le monde essayant d'y mettre tout son cœur, mais il leur était impossible d'occulter l'absence pesante de Marc. Il était là, avec eux, tellement présent, et en même temps tellement manquant. La souffrance éprouvée par Fred était si profonde, elle se sentait toujours autant brisée, amputée.

Depuis cinq mois, elle gérait seule l'éducation de son fils, tout comme sa mère avait dû le faire pour elle. Les circonstances n'étaient certes pas les mêmes, mais elle comprenait encore plus les sacrifices que Gisèle avait dû supporter.

Fred avait repris le travail à la rentrée scolaire. Le fait de devoir sortir de la caserne avait été douloureux, puis, petit à petit, elle avait réussi à vaincre ses peurs. Son responsable s'était montré très compréhensif, et lui avait même aménagé ses horaires pour qu'elle puisse être présente pour Alexandre dès la sortie de l'école.

Fred était très reconnaissante de toute l'aide apportée par sa famille, par son responsable, mais aussi par Mireille et Diego, qui passaient de temps en temps la voir. Les anciens collègues de Marc se montraient eux aussi très présents, venant régulièrement prendre de ses nouvelles.

Malgré toutes ces marques d'affection, Fred se sentait terriblement seule. Elle prit la décision de quitter la caserne. Peut-être qu'en déménageant, elle arriverait à surmonter cette blessure toujours à vif. Fred ne montrait rien à son entourage, essayant d'être forte pour son fils, et surtout pour la mémoire de son unique amour. Leur maison devait aussi accueillir un autre bébé, une chambre étant prévue à cet effet. Ses désirs et rêves brisés lui provoquaient des cauchemars et de nombreuses insomnies, Fred avait pensé que la meilleure solution était alors de trouver un plus petit appartement, avec seulement deux chambres.

En ce début de nouvelle année, Fred se mit donc à chercher un nouvel appartement. Elle alla en visiter plusieurs, toujours accompagnée d'Alexandre, il était essentiel à ses yeux que leur nouveau logis leur plaise à eux deux. Ils tombèrent d'accord sur un appartement situé à proximité du Parc Paysager, ce qui leur permettait de rester non loin de leur quartier.

Au moment de déménager, Fred se rendit compte qu'elle n'avait pas touché aux affaires de Marc depuis son décès. Cela faisait huit mois qu'il était parti. En rangeant ses vêtements, Fred fut soudainement projetée dans le passé : la chemise qu'elle aimait tout particulièrement qu'il porte lorsqu'ils sortaient tous les deux en amoureux, son blouson aviateur qu'il avait conservé, qu'il portait lorsqu'il l'avait invitée au restaurant pour ses dix-sept ans. Fred était incapable de se débarrasser de tout cela. Elle mit très soigneusement toutes les affaires de Marc dans des cartons, notant sur le dessus « FRAGILE ».

Le jour du déménagement, toute la famille était bien sûr présente, même Diego était là pour l'aider.

Soudain, Alexandre vint vers sa mère, l'air très anxieux.

« Et Pantoufle, qu'est-ce qu'il va devenir ?

- J'avais pensé qu'il viendrait avec nous.

- Oui, mais tu dis toujours que ce n'est pas notre chat.

- Tu as raison. Je vais aller demander à ses maîtres s'ils nous autorisent à l'emmener. »

Sur ce, Fred se dirigea à l'entrée de la caserne, sonna chez les voisins et leur expliqua la situation.

« Oui, vous pouvez l'emmener, il vit quasiment toujours chez vous depuis longtemps maintenant. Sachez toutefois que s'il n'arrive pas à s'adapter à la vie en appartement, nous le reprendrions avec plaisir, et vous pourriez ainsi venir le voir quand vous le souhaiteriez. »

Fred s'empressa de retourner chez elle et d'annoncer la bonne nouvelle à Alexandre. Pantoufle faisait officiellement partie de la famille dorénavant.

*

Fred et Alexandre réussirent à trouver leurs marques dans leur nouvel appartement au bout de quelques semaines, Fred étant surtout soulagée d'avoir quitté la caserne. Voir tous les jours les anciens collègues de Marc partir travailler et revenir chez eux, lui était devenu insupportable.

Chapitre 9

Détente indienne

Fred atterrit à Bangalore à 23h30, heure locale. Voyager en avion de jour était beaucoup plus agréable que de nuit, Air France proposant tout un panel de films, documentaires, programmes musicaux. Les repas étaient également corrects, tous les passagers pouvaient choisir entre un plat français ou un plat indien. Au premier voyage, Fred n'avait pas osé goûter au plat indien, elle avait préféré commencer l'adaptation en douceur, l'Inde étant un pays qui l'attirait mais l'effrayait aussi.

Le passage de la douane effectué et les bagages récupérés, Fred se dirigea vers le distributeur de l'aéroport. Elle y retira le maximum d'argent possible, 10 000 roupies, et sortit enfin. Son chauffeur l'attendait. Rakesh l'accueillit avec un magnifique collier de fleurs, jaunes et orange.

« Namaste Fred !!

- Namaste Rakesh, heureuse de te revoir !

- Moi aussi. Je t'ai réservé ta chambre dans la même Guest House.

- Merci beaucoup. Allons-y, tu dois être fatigué de m'attendre.

- Oh no, no problem ! »

Rakesh était si gentil, avec ce sourire si accueillant, si paisible.

Dès que Fred posait le pied sur cette terre lointaine, un calme l'envahissait immédiatement. La sérénité de ses habitants l'emplissait instantanément, tel un coup de baguette magique.

Fred monta dans la voiture, et Rakesh se dirigea vers le centre de Bangalore. Fred s'émerveilla, tout comme ses deux voyages précédents, de la vie indienne. Les jeunes à moto sans casque les doublaient, les vieux camions poussifs avec leurs énormes chargements, avançant difficilement, Rakesh les doublant rapidement.

Arrivés à la Guest House, Rakesh accompagna Fred à la réception pour l'aider à obtenir la clé de sa chambre.

« Rakesh, tu viens me chercher pour 9h00 demain, ça va ?

- No problem, à demain, bonne nuit !

- Bonne nuit, hâte de partir vadrouiller avec toi. »

Rakesh dodelina de la tête, avec un large sourire.

*

Le lendemain matin, Fred rejoignit la salle de restaurant pour le petit déjeuner. Qu'elle aimait tous ces plats proposés dans des récipients de terre cuite les gardant au chaud. Différents riz parfumés, idlis[2], fruits frais, légumes épicés, pain de mie, chaï, tout y était.

Après le petit-déjeuner, Fred et Rakesh prirent la route, direction Mysore. Lors de son premier voyage, Fred avait effectué une sorte de retraite dans l'ashram de Bangalore, mais ce lieu lui était apparu démesuré, trop grand, trop « business ». La deuxième étape l'avait amenée dans l'ashram de Mysore, où elle s'était sentie plus à sa place. Lors de son deuxième voyage, elle avait décidé d'y revenir, ayant éprouvé à l'époque un énorme besoin de se ressourcer, de faire le vide. Elle avait alors pris la décision d'y faire une étape à chaque début de nouveau voyage, ce lieu avait le don de la calmer, elle se laissait porter par la bienveillance du personnel en charge de la gestion de ce petit ashram, avec des visites prévues dans le centre de Mysore, et la campagne alentour.

Fred avait prévu d'y rester cinq jours avant de prendre l'avion pour Kochi. Elle savait que Rakesh lui ferait également découvrir des lieux inattendus.

---

[2] Glossaire p. 257

Ces premiers jours à Mysore allaient la plonger directement dans le quotidien indien, elle n'attendait que ça.

Lorsque la voiture passa le portail surveillé de l'ashram, Fred reconnut les petites allées. Elle aperçut Adi entretenant les différentes parties herbées. Adi se releva en entendant le véhicule, et la reconnut immédiatement. Son visage s'illumina, il la salua avec enthousiasme. Riya et Malaya vinrent le rejoindre, leurs visages aussi rayonnants que le sien. Les retrouvailles furent très touchantes, puis Fred fut dirigée vers la salle de restauration, Malaya lui servit immédiatement un jus frais de pastèque, et Riya alla chercher la clé de sa chambre. En anglais, Fred demanda si la réservation pour la chambre de Rakesh avait bien été validée. Rakesh se sentit gêné par tant d'attention que lui portait Fred, il n'avait pas l'habitude d'être aussi bien traité par les touristes, même si lors de son dernier voyage, Fred et Rakesh étaient devenus de grands amis.

Avant de s'installer dans sa chambre, Fred demanda à Rakesh de partager tous les repas avec elle, ce qu'il accepta bien volontiers. C'était la deuxième fois qu'il accompagnait Fred durant ses voyages. Il avait apprécié cette femme trois ans auparavant, il avait tout de suite remarqué qu'elle était alors venue très fragilisée et l'avait ensuite vue s'épanouir. Cette fois-ci, il trouvait que Fred rayonnait, semblait très confiante, sûre d'elle.

Durant ces cinq jours, Fred et Rakesh formèrent un duo inséparable, riant, méditant ensemble, Rakesh multipliant les surprises, lui faisant découvrir des lieux splendides, l'amenant déjeuner chez des habitants tellement accueillants. Il se surpassa pour faire plaisir à son amie française.

*

Le moment des adieux fut comme les fois précédentes très émouvant à l'ashram, tout le monde se serrant dans les bras, pleurant, promettant de se revoir très prochainement.

Rakesh ramena Fred à l'aéroport de Bangalore. Il savait qu'elle disposait encore d'un peu de temps libre avant de prendre son vol pour le Kerala. Il lui réserva donc une dernière surprise en l'emmenant dans une petite rue passante, commanda deux chaï et des bananes frites à un petit vendeur ambulant qu'il connaissait. Tous deux s'installèrent à l'ombre d'un banyan et commencèrent à déguster les friandises. Fred apprécia le geste de son guide, elle savait qu'ils étaient dorénavant des amis sincères. Vraiment, l'Inde lui réservait à nouveau de jolis instants de bonheur, si simples mais si précieux.

Les adieux furent là encore bouleversants, elle surprit même Rakesh avec les yeux rougis, ce qui l'amena à verser quelques larmes. Rakesh resta derrière les vitres de l'aéroport tout le temps que Fred passa à enregistrer ses bagages, lui adressant des gestes d'adieu régulièrement. Une fois libérée de l'enregistrement, Fred revint vers la vitre pour dire une dernière fois au-revoir à son ami. A travers cette paroi, il leur fut encore difficile de cacher leurs émotions, ne sachant quand ils se reverraient. Leur amitié restait toujours infaillible, malgré les années espaçant les venues de Fred en Inde.

Fred se dirigea ensuite vers la sécurité, et attendit son vol pour Kochi.

Chapitre 10

Accumulations

Alexandre grandissant, Fred avait demandé à son employeur de travailler à temps plein, Gisèle, Nicole et Michel l'aidaient le soir et les vacances scolaires pour garder leur petit-fils de temps en temps.

Fred se retrouvait dorénavant dans la même situation de mère célibataire qu'avait vécue Gisèle. Les circonstances étaient bien différentes, Marc ne les ayant pas abandonnés, mais Fred faisait malgré tout le parallèle entre elle et sa mère, avec ce destin commun, subi quasiment au même âge.

Les années passaient depuis la mort de Marc, pourtant le seul homme qui continuait à occuper son esprit restait son premier et seul amour. Elle continuait de l'aimer, de le chérir, il lui avait tant apporté. Leur complicité, leurs fous rires, sa tendresse, son sourire, sa peau, son odeur, son regard, tout lui manquait.

Dans la journée, Fred réussissait à cacher sa douleur, mais lorsqu'elle se retrouvait seule le soir dans sa chambre, la tristesse et le désespoir jaillissaient sans qu'elle ne puisse les contrôler. Pantoufle venait alors la rejoindre, silencieusement, la touchait délicatement avec sa patte, ronronnait et se blottissait tout contre son cœur. Son chat était le seul à la voir pleurer. Fred se mettait à le caresser, le cajoler, Ils se regardaient longuement, Pantoufle restant collé ainsi jusqu'à ce que sa maîtresse s'endorme.

Pantoufle était désormais un vieux chat, dont on ne connaissait pas exactement l'âge, certainement quatorze ou quinze ans. Il passait la plupart de ses journées sur le coussin moelleux du rocking chair, en boule, ou tout étiré lorsque les journées se faisaient plus chaudes. Il aimait cette place, le soleil venant le caresser dès le matin, jusqu'au milieu de l'après-midi. Fred l'aidait parfois à s'installer, l'arthrose l'handicapant de plus en plus. Malgré ses douleurs, dès que Fred avait des baisses de moral, Pantoufle continuait de venir la rejoindre et la consolait.

*

Alexandre continuait d'obtenir d'excellents résultats à l'école. L'école primaire se passa sans accroc, alors que l'entrée au collège fut quelque peu plus laborieuse. Sa vie sociale se réduisit à seulement deux ou trois bons amis, il rencontrait de plus en plus de difficultés à nouer de nouvelles relations et, tel un cercle vicieux, s'isolait alors davantage.

A l'adolescence, Alexandre continua de se renfermer sur lui-même, ses résultats scolaires avaient régressé, son humeur devenait plus sombre, morne, sans énergie. Il passait de plus en plus de temps dans sa chambre, sur les jeux vidéo. Cette attache virtuelle effraya Fred, elle sentait que son fils était en souffrance, pourtant, lorsqu'elle essayait d'aborder le sujet, sa réponse ne variait pas : « ça peut aller ».

Fred décida de prendre contact avec un psychologue, lui exposa ses craintes pour son fils, et obtint un rendez-vous assez rapidement.

Un soir, rentrant du travail, Fred alla frapper à la porte d'Alexandre.

« On peut discuter un petit peu ?

- Oui, si tu veux.

- Voilà. Depuis un moment, je suis très inquiète pour toi. Tu as l'air plus triste, tu passes ton temps dans ta chambre, tu ne sors plus avec tes copains.

- J'ai pas envie, je suis bien dans ma chambre.

- Je sais que c'est ton refuge, et justement, je trouve que tu t'y réfugies trop souvent. Alors, j'ai contacté un psychologue, et j'aimerais que tu m'accompagnes pour que l'on puisse lui parler tous les deux.

- J'ai pas besoin d'un psy ! Qu'est-ce qui t'a pris de prendre un rendez-vous ?

- Alexandre, je vois bien que ça ne va pas. Tu sais, c'est aussi difficile pour moi depuis la mort de ton père.

- Ne parle pas de ça ! »

Alexandre éclata en sanglots.

Sa réaction surprit Fred. Le cœur du problème venait donc d'être mis à jour. Alexandre demeurait tout aussi meurtri que sa mère par la disparition prématurée de Marc.

Fred approcha doucement, commença à caresser le dos de son fils, et le prit dans ses bras. Tous deux se mirent à pleurer ensemble. Les larmes coulèrent sans discontinuer, la douleur qu'elles exprimaient était viscérale. Ni Fred, ni Alexandre n'avaient pu auparavant laisser transparaître leur désarroi. Leur souffrance s'était avérée tellement insupportable qu'ils l'avaient tous deux enfouie au plus profond de leur être.

*

Les jours qui suivirent, Fred obligea Alexandre à sortir de sa chambre plus régulièrement, les temps des repas s'allongèrent un peu, et ils réussirent ainsi à communiquer plus aisément. Parler de Marc était pénible pour Fred, mais elle arriva malgré tout à exprimer un peu son ressenti. Alexandre semblait à l'écoute durant ces quelques moments de confidences, Fred espérait qu'il puisse à son tour se libérer de quelques émotions. A force de discussions calmes, Alexandre accepta d'assister au premier rendez-vous du psychologue avec sa mère.

Fred et Alexandre partirent à ce premier rendez-vous, envahis par de nombreuses appréhensions. Ils sentaient tous les deux qu'ils avaient besoin d'évacuer leurs angoisses et leur désarroi enfouis depuis trop longtemps, mais semblaient incapables d'y parvenir. Fred avait promis à Alexandre de ne pas insister avec le psychologue si le rendez-vous s'avérait être un échec.

Dans la voiture, au cours du trajet pourtant court, tous deux restèrent silencieux. L'ambiance était pesante, la route semblait ne jamais finir.

Arrivés dans la salle d'attente, la tension demeurait toujours palpable. Fred se demandait quoi faire si cette séance n'aboutissait à rien. Qu'allait-elle pouvoir mettre en place pour aider son fils, alors qu'elle-même refoulait toutes ses émotions ? Elle réalisa qu'elle avait également besoin d'aide.

Le psychologue vint les chercher, Fred et Alexandre s'installèrent dans de petits fauteuils Club, toujours en proie à un certain malaise. Monsieurr Dupuy s'installa en face d'eux, puis, après un bref instant silencieux, la séance commença.

*

Fred et Alexandre s'installèrent dans la voiture, se regardèrent et se sourirent tendrement. Cette première séance leur avait permis de comprendre leurs souffrances réciproques, qu'ils cachaient pour se préserver mutuellement. Les quelques mots apportés par Monsieur Dupuy les avait rapprochés, ils avaient compris l'importance de se confier, de partager leurs peines, leurs souffrances. Les enfouir au plus profond d'eux-mêmes avait été pour eux une façon de se protéger face à cet événement si inattendu, si effroyable.

Fred avait voulu se montrer forte pour assumer son rôle de mère et combler le manque paternel pour son fils. Pendant toutes ces années, elle s'était construit une carapace qu'il était laborieux de percer dorénavant.

De son côté, Alexandre n'avait pas compris immédiatement la mort de son père, l'absence au fil des jours s'était imposée, cruelle, terrifiante. Les balades en famille, les jeux complices, les moments de tendresse, les rituels du coucher, tout avait disparu si soudainement. Alexandre avait également refoulé sa détresse, il voyait sa mère souffrir de son côté et ne souhaitait pas lui rajouter sa peine. Tous les deux s'étaient promis devant Monsieur Dupuy de ne plus se cacher leurs sentiments, de commencer à oser s'exprimer dès qu'une idée noire ou une angoisse apparaissait.

Il avait été convenu que les séances deviennent hebdomadaires, basées sur un travail de soutien mère-enfant. L'idée fut adoptée à l'unanimité. Après cette période de presque huit ans de douleurs mutuelles, mère et fils osaient enfin croire en des jours meilleurs.

Chapitre 11

Plénitude

Le vol de Bangalore à Kochi ne dura qu'une heure et quart. Arrivée à l'aéroport de Kochi, Fred prit un taxi pour parcourir les trente-sept kilomètres qui la séparaient du quartier de Fort Kochi.

Pendant cette heure et demie de trajet, elle ne cessa d'admirer les paysages, les rues bondées avec l'agitation des véhicules se mêlant à la population, tout cela agrémenté des klaxons résonnant allègrement. Toute cette atmosphère à priori cacophonique avait le don de la calmer instinctivement. Elle était toujours subjuguée par ce charivari qui n'était aucunement agressif, les klaxons servant principalement à alerter de sa présence, et non pas à fustiger son voisin.

Fred appréciait également la joie de vivre indienne. Ici, les habitants n'étaient pas belliqueux ou offensifs comme en France, ils possédaient une intense quiétude qui rayonnait et qui atteignait Fred au plus profond de son âme.

*

Le décès de Marc, les années de souffrance qui en avaient découlé, le désespoir d'Alexandre à l'adolescence, le propre refoulement de sa détresse, avaient amenés Fred à vouloir s'échapper, se retrouver. Après les séances avec Monsieur Dupuy, le psychologue, il lui était devenu évident qu'elle devait également prendre soin d'elle. Après le début d'un travail intérieur, Fred avait ressenti le besoin de s'évader du quotidien. Plus les mois passaient, plus l'appel de l'Inde se faisait ressentir. Lorsqu'elle décida d'assouvir ce besoin quasiment viscéral, Alexandre avait vingt ans. Les séances avec le psychologue lui avaient été très bénéfiques, il avait réussi à retrouver une certaine sérénité, sa scolarité s'en était d'ailleurs fortement ressentie. Fred avait proposé à Alexandre de l'accompagner dans son périple, mais il avait préféré décliner l'invitation, choisissant de rester avec son groupe d'amis. Alexandre avait bien compris le besoin de sa mère, et avait apprécié qu'elle pense enfin à elle.

Son premier voyage, totalement organisé, avait été prévu pour un départ de Paris, où Fred avait rejoint les différents participants. Elle avait craint de ne pas être capable de partir seule, sans être encadrée. Mais une fois arrivée en Inde, elle n'avait éprouvé plus aucune appréhension pour de futurs voyages en solitaire dans ce magnifique pays.

Le circuit proposé lui avait permis de découvrir des endroits magnifiques tels que Mysore, Wayanad, Calicut, Allepey, et bien entendu Fort Kochi qui fut son réel coup de cœur. Fred s'y était immédiatement sentie à l'aise, comme chez elle, le quartier dégageait une telle sérénité, avec l'impression que la vie s'y écoulait sans encombre. L'esprit indien y semblait encore plus accru, il y régnait une douceur de vivre extraordinaire.

*

Lorsque le taxi déposa Fred devant sa Guest House, elle prit une profonde inspiration, son visage s'était paré d'un sourire radieux sans qu'elle en ait conscience. Son cœur s'était ralenti, la tranquillité qui l'avait envahie dès son arrivée à Bangalore s'était encore plus accrue.

Fred pénétra dans l'ancienne maison coloniale et fut immédiatement accueillie par Leela et Sanjay, qui lui servirent un fabuleux jus d'agrumes. Là encore, l'accueil fut extrêmement chaleureux, le sourire épanoui et bienveillant de ses hôtes lui réchauffa encore un peu plus le cœur.

Fred avait toujours un peu de mal à comprendre l'anglais avec l'accent indien, elle trouva malgré tout que sa compréhension s'était légèrement améliorée, à moins que ce ne fût ses hôtes qui s'exprimaient plus doucement afin de lui faciliter la tâche. Elle prit possession de sa chambre, spacieuse, très lumineuse, avec un lit baldaquin pourvu de voiles de protection contre les insectes. Sa chambre était une petite merveille, Fred s'accapara ce lieu immédiatement.

Sitôt installée, elle alla déambuler sur les bords de l'eau, des pêcheurs activant les immenses filets de pêche chinois. Fred déambula parmi les multiples vendeurs de rue, découvrant des petites suspensions adorables, des jupes et tuniques extraordinaires, des statuettes magnifiques, des ombrelles colorées... Elle continua de flâner, s'imprégnant de la nonchalance environnante. Elle finit par se rapprocher des carrelets chinois afin d'assister au splendide spectacle du coucher de soleil, les couleurs indiennes lui offrant un panel de dégradés incroyable.

Fred retourna vers sa Guest House, dîna en compagnie des autres voyageurs présents, tout en discutant tranquillement. Elle rejoignit sa chambre assez tôt, après avoir profité de la quiétude du jardin. Elle avait prévu de se lever tôt le lendemain et continuer de se promener, à la découverte de rues et ruelles typiques, avec ses bâtisses d'anciennes colonies, entourées d'arbres plus majestueux les uns que les autres.

Les jours suivants, Fred s'aventura dans différents quartiers, choisissant le transport par rickshaw pour y accéder. Elle aima redécouvrir Mattancherry avec ses rues pavées et ses boutiques artisanales. En se baladant, elle découvrit, au hasard d'une petite rue, un café servant un fantastique chaï. Elle alla également découvrir le quartier des grossistes, où les chèvres déambulaient à leur guise. Fred y china quelques antiquités, puis s'attarda aux stands des épices, aux odeurs envoûtantes et exotiques. Tous ses sens furent en effervescence, cette immersion totale lui procura un bien-être inégalable.

Fred décida de ne passer que deux semaines à Fort Kochi, peut-être y reviendrait-elle en fin de voyage, mais pour le moment, elle préférait partir sur la Côte Est pour y découvrir Pondichéry et ses alentours. Fred avait aussi pensé explorer Goa, ce lieu mythique des anciens hippies, avec une crainte d'être déçue. Selon certains avis qu'elle avait pu lire avant de partir, cet Etat était apparemment devenu trop touristique et seulement synonyme de fêtes pour les occidentaux, rien à voir avec l'ambiance indienne que Fred affectionnait.

Elle préféra suivre son instinct avec comme seule perspective de simplement profiter au maximum de ce fantastique pays. Comme il lui était agréable de décider presque impulsivement de partir à l'aventure, de traverser l'Inde du Sud, en totale liberté.

Chapitre 12

Soutien

Lorsque Fred partit pour la première fois pour l'Inde, Alexandre avait choisi de venir habiter chez sa grand-mère. Tous deux avaient alors passé des moments de grande complicité, discutant sérieusement, ou plus légèrement, se baladant souvent le long du chemin côtier, scrutant la mer, tranquillement installés sur un banc.

Gisèle étant retraitée, elle avait apprécié que son petit-fils accepte d'être logé chez elle, elle avait redouté qu'il refuse comme il était âgé de vingt ans. Elle lui avait préparé tous ses plats préférés, avait tout fait pour qu'il se sente à l'aise.

Alexandre avait dormi dans l'ancienne chambre de sa mère, il s'était amusé à imaginer sa vie et celle de sa grand-mère, il y avait de cela une trentaine d'années. Habiter chez sa grand-mère lui permettait également de monter régulièrement à l'étage supérieur voir ses autres grands-parents. Il mesurait la chance d'être autant choyé par sa famille, ils avaient tous contribué à dépasser le manque de son père. Monsieur Dupuy lui avait fait réaliser qu'il n'était pas le seul à en souffrir et grâce à cette prise de conscience, il avait réussi à s'ouvrir, à partager ses peines et ses angoisses, à se confier. Durant les trois dernières années, les liens familiaux s'étaient fortement resserrés. Tous pouvaient compter les uns sur les autres, et le savaient.

Monsieur Dupuy lui avait été d'une grande aide : avant les séances avec sa mère, Alexandre avait eu l'impression de sombrer sans pouvoir réagir, tel un tourbillon l'entraînant irréversiblement. Il avait cherché à effacer son traumatisme au lieu de l'apprivoiser. Les premières séances lui avaient redonné un peu d'espoir, puis vint la perte de Pantoufle, ce chat qu'il avait connu toute sa vie. Il avait bien constaté que sa santé s'était dégradée depuis quelques années, mais ce chat tenait bon, jusqu'au moment où il a décidé de terminer sa vie lorsqu'Alexandre et Fred allaient enfin mieux.

Ils avaient vu une sorte de signe, comme si Pantoufle avait choisi de rester présent pour eux pendant la période de désespoir, leur apportant réconfort, câlins, ou juste une présence. Pantoufle s'installait bien souvent non loin de Fred ou Alexandre, les regardant simplement, ronronnant, fermant les yeux, puis les rouvrant de temps en temps pour leur montrer qu'il veillait sur eux.

La perte de leur chat fut à nouveau une période bien sombre. Fred se souvenait comme ce chat avait décidé de venir s'installer avec eux, juste avant sa grossesse. Elle en était persuadée, l'âme de Pantoufle avait décidé de prendre soin d'eux.

La veille de sa mort, Pantoufle avait redoublé d'efforts afin de venir saluer Alexandre dans sa chambre, se frottant longtemps contre lui, doucement, puis s'était dirigé vers Fred, qui l'avait porté et posé sur ses genoux alors qu'elle était installée sur le canapé à regarder une émission. Pantoufle s'était alors blotti en boule, ronronnant si fort ce soir-là. Au moment de se coucher, Fred l'avait doucement placé sur son rocking chair, lui avait remis la couverture en place pour qu'il puisse passer une bonne nuit. Le lendemain matin, elle l'avait retrouvé dans la même position, son petit cœur avait cessé de battre. Elle avait alors compris que les démonstrations d'affection de Pantoufle de la veille avaient été sa façon de leur dire adieu. Fred et Alexandre avaient organisé une petite cérémonie avant de le porter chez le vétérinaire. Ils avaient allumé de l'encens, l'avaient remercié de les avoir accompagnés tout au long de ces si nombreuses années, et l'avaient veillé une bonne partie de la matinée.

*

Lorsque Fred était revenue de son premier voyage, elle resplendissait.

Gisèle et Alexandre étaient venus la chercher à la gare, tous avaient hâte de se revoir. Ils se sautèrent tous les trois dans les bras, puis Gisèle conduisit sa fille et son petit-fils chez eux.

Lorsque Fred ouvrit la porte, elle fut surprise de découvrir que Nicole, Michel et Diego l'attendaient. Elle fut très touchée par cet accueil, la bienveillance de l'Inde se poursuivait grâce à sa famille. Elle lâcha alors quelques larmes de bonheur et de reconnaissance, s'accordant enfin le droit de faire paraître quelques émotions devant ses proches.

Elle posa sa valise dans l'entrée et salua tendrement sa famille. Tous se dirigèrent vers le petit buffet dressé sur la table de la salle à manger. Fred apprécia les petites mignardises sucrées, contrastant avec la cuisine indienne si épicée. Nicole servit du thé à la vanille, le rituel de Marc perdurait à travers sa famille. Les douceurs sucrées prolongeaient la magie du voyage de Fred.

L'après-midi se passa tranquillement, Fred était heureuse de retrouver les siens, elle prit de leurs nouvelles, partagea avec eux quelques anecdotes sur l'Inde. Elle fut ravie de savoir qu'Alexandre avait apprécié son séjour chez sa mère, et constatait que tous s'étaient rapprochés.

Fred se mit à observer chaque personne présente, sa famille était un socle tellement compatissant, leur soutien était infaillible. Leur complicité et leur douceur lui rappelèrent la bienveillance et la bonté indienne. Elle prit conscience qu'elle avait toujours été très entourée, tout d'abord par sa mère, ensuite par la famille de Marc, puis Marc lui-même. Elle avait réussi à transmettre cet amour inconditionnel à son fils. Les épreuves qu'ils avaient tous traversé les avaient soudés à jamais.

Malgré la fatigue, Fred proposa qu'ils poursuivent la soirée tous ensemble, et commanda des pizzas pour tout le monde. Elle demanda juste à se rafraîchir un peu le temps que les pizzas arrivent, apporta sa valise jusqu'à la chambre, téléphona rapidement à Sophia puis Eric pour leur demander de venir les rejoindre, puis revint au salon les bras chargés des petits présents qu'elle avait dénichés lors de son périple.

« Je vous demande d'attendre un peu avant que je ne puisse vous offrir les cadeaux, nous ne sommes pas encore tous réunis. »

L'air mystérieux de Fred surprit toute l'assemblée. La sonnette ne tarda pas à retentir, la famille était au complet cette fois-ci.

Fred put offrir les petits paquets, un joyeux bazar s'ensuivit, avec des éclats de voix ravis, des rires, des mots tendres, des embrassades. Ce moment de pur bonheur se poursuivit jusque tard dans la soirée, chacun savourant cet instant de partage si précieux.

Fred peina à reprendre le rythme français, avec le stress, la déprime ambiante. Revoir les gens si mornes, éteints, lui semblait tellement étrange, elle qui avait gagné en sérénité.

Petit à petit, elle réussit malgré tout à remettre son quotidien en route, tout en se promettant d'organiser plus souvent des réunions de famille, ou simplement des visites plus régulières chez sa mère, ses beaux-parents, sa belle-sœur, son beau-frère, sans oublier son frère. Ils étaient devenus assez proches avec Diego, qui avait fait preuve d'une grande maturité et de compréhension sur le ressenti de Fred envers leur père commun.

Diego avait confié à Fred que Joël se retrouvait dorénavant seul, son comportement exécrable n'ayant jamais cessé, exigeant toujours qu'on lui cède le moindre de ses caprices.

Fred avait réalisé comme sa mère avait échappé à l'emprise de Joël. En la quittant, même si la situation était devenue précaire, Joël l'avait libérée, sans même s'en rendre compte. Gisèle et Fred en parlaient ensemble quelques fois, elles riaient devant l'ironie de la situation.

Gisèle avait connu deux autres hommes, mais ne se sentait toujours pas prête à partager la vie commune. Elle appréciait véritablement sa vie, sans comptes à rendre, sans obligations envers un homme. Elle rentrait le soir quand bon lui semblait, sortait avec des amies, décidait de partir quelques jours en vacances. Sa liberté lui était devenue trop précieuse pour qu'elle ne pense à en sacrifier ne serait-ce qu'une infime partie.

*

Alors que Gisèle et Fred passaient un après-midi à faire du shopping, elles décidèrent d'aller se réchauffer en allant boire un bon thé dans le Café du Centre. Les ruelles de Guérande étaient assez désertes en ce mois de novembre. Gisèle prit un air plus grave qu'à l'accoutumée.

« Fred, j'ai quelque chose à te confier. »

Fred s'inquiéta immédiatement.

« J'ai rendez-vous la semaine prochaine avec mon gynécologue, j'ai une grosseur dans le sein qui m'inquiète un peu. »

Fred blêmit, ne réussit pas à parler. Gisèle lui prit la main.

« J'ai un peu négligé les visites de suivi, tu sais, à mon âge, je ne trouvais pas ça vraiment utile.

- Ça fait longtemps que tu as cette grosseur ?

- Je ne sais pas trop. Des fois, je sentais une petite boule dans la poitrine, mais je n'y ai pas vraiment prêté attention.

- Tu aurais dû m'en parler.

- Je n'y ai pas vraiment pensé non plus. »

Gisèle esquissa un léger sourire. Fred regarda sa mère. Pour la première fois, elle réalisa que sa mère avait vieilli, elle n'avait jamais réalisé que le temps passait aussi pour Gisèle. Pour Fred, elle était tel un roc, solide, inébranlable. L'ombre d'une maladie la ramenait soudainement à la réalité.

« Je te demande de ne rien dire à personne pour le moment, ce n'est peut-être rien du tout.

- Tu ne peux pas avoir un rendez-vous plus tôt ? Ça peut être urgent.

- Non, j'ai demandé, mais la secrétaire m'a déjà mis en rendez-vous exceptionnel. »

Le spectre d'un cancer vint immédiatement à l'esprit de Fred. Sa mère n'était pas si âgée que cela, et puis, si c'était vraiment un cancer, s'il était pris en charge rapidement, il pouvait se soigner facilement. Malgré tout, Fred se sentit effrayée et inutile pour sa mère.

« Tu veux que je vienne avec toi au rendez-vous ? Je peux demander ma journée.

- Non ma chérie, ne t'inquiète pas, et puis je te tiendrai au courant. Tu as fini ton thé ? Est-ce que tu veux continuer de faire les magasins ?

- Pas trop, j'aimerais plutôt marcher, on pourrait aller faire un tour sur la côte sauvage ?

- Ah oui, c'est une bonne idée ! »

Elles quittèrent le café, contournèrent la Collégiale Saint-Aubin, passèrent la ruelle pavée et arrivèrent au parking sous-terrain. Pendant ce court trajet, Gisèle et Fred s'étaient tenues par le bras, se collant, se soutenant et se réconfortant.

Elles quittèrent Guérande et se dirigèrent vers le Bourg de Batz. Là encore, elles croisèrent peu de monde. Le vent fouettait leurs visages, les vagues venaient se fracasser contre les rochers. Leur balade dura pas loin d'une heure, la météo quelque peu agitée les firent se sentir vivantes, l'énergie de la nature les aida à accepter ce nouveau coup dur et les stimula pour la lutte à venir.

*

Sitôt son rendez-vous terminé, Gisèle rentra chez elle. Le médecin s'était montré très explicite, même s'il lui fallait faire une biopsie.

Elle se mit à pleurer. Comment allait-elle annoncer cette nouvelle à sa fille ? Bien sûr, elle était apeurée, mais redoutait la réaction de Fred. Gisèle savait qu'elle allait inquiéter tout le monde. Elle se leva, mit la télé, et s'allongea sur le canapé, se couvrant de son plaid moelleux. Pour le moment, elle préférait juste se poser, ne pas trop réfléchir, même si elle n'arrivait pas à contrôler son cerveau en ébullition. Les larmes continuaient de couler le long de ses joues, elle n'essaya pas de les retenir, puis finit par s'endormir.

Le téléphone la réveilla. Gisèle s'aperçut que la nuit était tombée. Combien de temps avait-elle dormi ?

« Allo ?

- Bonjour Maman, c'est moi. Alors, ton rendez-vous ?

- Bonjour ma chérie, pardon je m'étais endormie.

- Oh… Excuse-moi.

- Ne t'inquiète pas, ce n'est pas grave. Bon… pour le rendez-vous… les nouvelles ne sont pas très bonnes… je dois faire une biopsie car j'ai effectivement une grosseur qui inquiète le médecin.

- Bon… Et comment tu te sens ? Tu as mal ?

- Non, j'ai juste la grosseur qui me gêne.

- Et ton moral ? Comment tu vas ?

- … C'est un peu compliqué… »

Gisèle sentit sa gorge se serrer. Elle réussit à ne pas pleurer.

« Il faut attendre la biopsie, on ne peut rien faire avant.

- Oui, bien sûr. Tu veux venir manger à la maison ? Tu pourrais rester dormir ici ce soir ?

- Non, je préfère rester chez moi, il fait déjà noir, je n'ai plus envie de bouger. »

Fred n'insista pas, elle comprenait sa mère, même si elle ne voulait pas qu'elle reste seule avec ses doutes et ses angoisses.

*

Pendant le repas, Alexandre trouva sa mère soucieuse.

« Qu'est-ce qui se passe maman ? »

Fred regarda son fils, surprise.

« On avait dit qu'on ne se cachait rien. Tu sembles inquiète.

- Oui, tu as raison. Je vais te dire ce qui me préoccupe, mais je te demande de ne pas en parler autour de toi, c'est un souhait de ta Mamou.

- Mamou ? Qu'est-ce qui se passe ??

- Elle a eu un rendez-vous chez le gynécologue, elle a une boule dans le sein, elle doit encore faire un examen pour voir si c'est cancéreux ou pas.

- Oh… Non…

- Pour l'instant, on ne sait pas, il faut être optimiste, et surtout soutenir Mamou.

- Bien sûr qu'on va la soutenir. Elle a mal ?

- Non, la boule la gêne, c'est tout. Je lui ai demandé de venir ce soir et rester dormir, elle n'a pas voulu. On essaiera de la persuader pour qu'elle vienne ce week-end, d'accord ?

- Oui. »

La perspective d'une maladie maligne effraya Alexandre. Le traumatisme de la perte de son père était toujours là, bien présent, il savait que ses grands-parents n'étaient pas immortels, cependant Alexandre se refusait de penser à cette réalité.

*

La biopsie révéla que Gisèle était bien atteinte d'une tumeur maligne. Cette nouvelle anéantit non seulement Gisèle, mais également tous ses proches. Tous faisaient leur maximum pour la soutenir dans cette épreuve.

Gisèle commença le protocole pour essayer d'enrayer au plus vite son cancer. Après son intervention chirurgicale, elle choisit de demeurer dans son appartement, Nicole et Michel, habitant juste à l'étage supérieur, veillaient sur elle. Fred avait bien proposé à sa mère de venir passer sa convalescence chez elle, mais comprit également que sa mère puisse vouloir conserver ses habitudes. Le fait que Nicole et Michel venaient matin, midi et soir voir Gisèle, la rassurait également. Nicole s'évertuait à concocter des petits plats pour Gisèle afin qu'elle ne se fatigue pas et puisse reprendre des forces au plus vite et commencer la chimiothérapie.

Les semaines de traitements passèrent, affaiblissant Gisèle, la rendant malade, la projetant dans une extrême fatigue. L'alopécie fut une étape douloureuse pour elle, elle qui était coquette et appréciait se coiffer quotidiennement, avec ce petit jet de laque pour geste final. Auparavant, elle se maquillait légèrement, mais dorénavant, elle trouvait que le maquillage figeait les traits de son visage. Tous ces petits rituels lui manquaient.

Malgré sa faiblesse, elle mettait un point d'honneur à revêtir son foulard dès qu'elle se levait.

Fred et Alexandre lui rendaient visite dès qu'ils le pouvaient, ensemble ou séparément. Ils tentaient de ne jamais laisser Gisèle trop longtemps seule. Parfois, Gisèle s'assoupissait, allongée sur le canapé, et lorsqu'elle se réveillait, sa fille ou son petit-fils était là, en face, dans le fauteuil, Fred bien souvent en train de lire ou tricoter, Alexandre surfant quant à lui sur son portable. Gisèle appréciait leurs présences, leurs petites attentions. Elle avait appris à accepter que l'on s'occupe d'elle. Son endurcissement forcé lors de son divorce avait fait place à une confiance sans faille envers les siens. Ses blessures avaient fini par s'atténuer.

*

Gisèle dut être hospitalisée car son état de santé s'était fortement dégradé. La chimiothérapie n'eut pas l'effet escompté, et l'affaiblissait trop.

Rendre visite à sa mère à l'hôpital raviva les souvenirs douloureux de Fred. Elle se rendit compte que malgré les séances avec Monsieur Dupuy, elle avait gardé en elle de profondes souffrances. Les rêves et projets qu'elle avait eus avec Marc s'étaient arrêtés violemment, brutalement. Fred s'était consacrée exclusivement à son fils pour ne pas sombrer. L'angoisse refit surface, les insomnies, les pertes d'appétit, la gorge serrée, les maux de ventre, les douleurs dorsales, tout ressortait. Ce sentiment d'impuissance, de ne rien pouvoir contrôler prit toute la place dans la vie de Fred.

A chaque visite auprès de sa mère, Fred voyait les forces de Gisèle s'amenuiser. Les médecins ne se montraient malheureusement pas optimistes. Fred se rendait compte qu'elle vivait les derniers moments de complicité avec sa mère. Toutes deux essayèrent de ne pas évoquer l'issue fatale qui se préparait, se remémorant tous leurs précieux souvenirs, comme leurs premiers moments dans l'appartement, leurs premières vacances à deux à Meneham, les fabuleux Noëls, leur nouvelle famille avec la rencontre des Simon, et tant d'autres…

Un soir, au moment de quitter sa mère, Fred commença à ranger son tricot. Gisèle réussit à atteindre son poignet, le serra doucement.

« Ma petite Frédérique…

- Oui maman ?

- Je vais bientôt partir, et…

- Ne dis pas ça !

- C'est la vérité, je le sens. Je voulais te dire que tu es quelqu'un de fort, et même quand je ne serai plus là, je te demande de continuer de prendre bien soin d'Alexandre, tu es une mère formidable. Nous avons cette complicité toutes les deux, que tu as réussi à créer avec ton fils. Garde ce lien fort, c'est si précieux. Tu m'as rendue tellement heureuse, tu m'as aidée à me libérer. Ma fille, je t'aime tellement fort, je serai toujours en toi, là, au fond de ton cœur. »

Fred avait commencé à pleurer dès les premiers mots de sa mère. Elle se pencha vers elle, l'embrassa, appuya sa joue contre la joue de Gisèle, prenant soin de ne pas trop se poser, de peur de lui faire mal. Gisèle l'enlaça, lui murmura qu'elle l'aimait tant, qu'elle devait continuer de profiter de la vie, de réaliser ses plus beaux rêves.

Ce dernier échange souda une dernière fois Gisèle et sa fille. Dans la chaude nuit de ce mois de juin, Gisèle partit, doucement, sans souffrir.

Fred fut prévenue tôt le lendemain matin par un appel téléphonique.

*

La perte de sa mère fut une épreuve supplémentaire pour Fred. Avec Gisèle, elle venait de perdre la deuxième personne qui comptait le plus pour elle. Les brèches douloureuses non encore cicatrisées après la mort de Marc se rouvrirent, laissant Fred désemparée. Sa souffrance refit surface. Fred se demandait pourquoi la vie lui infligeait toute cette peine. Marc était parti dans la fleur de l'âge, sa mère aurait pu encore profiter de nombreuses années, étant seulement à l'aube de la septantaine.

L'été était décidément une saison emplie de tristesse et de souffrance, représentant la mort pour Fred. Dix-sept ans séparaient la disparition de Marc et Gisèle, mais pour Fred, ces deux événements lui donnaient l'impression d'être si proches.

Pendant tout l'été, Fred réfléchit aux épreuves qu'elle avait dû endurer. Elle ne voulait plus subir cette tourmente, sa mère avait raison, elle devait continuer à aller de l'avant. Elle décida de faire le vide pour revenir plus forte, pour essayer enfin de guérir ses plaies. Son premier voyage en Inde lui avait permis de prendre conscience de ses priorités dans la vie, elle décida rapidement de repartir. Comme la première fois, Fred proposa à Alexandre de l'accompagner, mais il déclina à nouveau son offre, il préférait rester aux côtés de Fanny, sa petite amie.

Fred et Alexandre continuèrent de se soutenir dans cette nouvelle épreuve, se comprenant mutuellement, acceptant la gestion de leurs émotions différemment. Alexandre éprouvait le besoin de rester dans son cocon familial, et Fred ressentait le besoin de partir à la recherche de son calme intérieur, que l'Inde lui avait déjà procuré une fois.

En septembre, Fred s'envola vers l'Inde, seule pour la première fois.

Chapitre 13

Découverte

Son troisième et dernier périple en Inde lui permettait de réaliser combien elle avait gagné en audace, Fred n'éprouvait aucune appréhension à s'élancer à la découverte de villes inconnues, seule, dans cet immense pays. Elle prit l'avion pour Chennai, puis le train pour Pondichéry. Un taxi la déposa ensuite à la Guest House qu'elle avait réservée de Fort Kochi, elle y découvrit une chambre typique avec ses murs peints de jaune safran, et les meubles en bois sculpté. La décoration y était raffinée tout en restant simple.

Après avoir déposé ses valises, Fred sortit de la chambre et alla dans la cour centrale dans laquelle une terrasse ombragée invitait au farniente. Elle demanda à boire un chaï, s'installa paisiblement et commença à observer les environs. Fred ressentit l'influence de cet environnement envoûtant. Tout n'était que quiétude ici, la nonchalance l'envahit, elle s'autorisa à profiter de cet après-midi, sans la moindre envie de bouger de cette terrasse.

*

La découverte de cette ville ravit tant Fred, qu'elle décida d'y séjourner pendant trois semaines. Elle passa régulièrement de l'ambiance paisible du quartier français, au tumulte du quartier indien, se laissant porter par ses envies, sans y réfléchir. Au petit matin, Fred aimait admirer les femmes dessinant des kolams[3] au pas de leurs portes. Elle allait à la découverte des noms de rue français. Elle se mettait ensuite à la recherche d'églises ou de temples hindous, s'imprégnant de ces cultures si différentes, se perdant dans les ruelles, lui permettant de découvrir des architectures diverses, cette mixité la comblait de joie.

Puis Fred se mit à la recherche d'une boulangerie, cette échoppe étant apparemment telle qu'en France, ce qui piqua sa curiosité. Telle ne fut pas sa surprise de découvrir une boutique remplie de pains, de gâteaux, de viennoiseries, étalés à la française. Cette petite touche, pourtant ordinaire pour elle, la ravit, elle acheta un croissant et du pain. Quel plaisir de déguster ces aliments alors qu'elle était si loin de la France ! Cette entorse à la cuisine indienne lui procura une sensation extraordinaire. Jamais elle n'aurait imaginé pouvoir autant apprécier un croissant, croquer dans

---

[3] Glossaire p. 257

cette viennoiserie, entendre le petit bruit si distinct du croustillant, savourer le goût du beurre, de la pâte feuilletée cuite à la perfection. Tous ses sens étaient en éveil grâce à cette simple gourmandise.

*

Juste avant la fin des trois semaines passées à Pondichéry, Fred décida de recontacter Rakesh, son guide favori. Fred lui demanda s'il pouvait réserver une Guest House sur Bangalore. Après tout, cette ville l'avait littéralement aidée et apprivoisée lors de son second voyage, alors pourquoi ne pas terminer son troisième séjour par cette grande métropole et se fondre à nouveau dans la frénésie indienne ?

*

Débarquant à Bangalore, Fred retrouva avec émotion Rakesh. Eux qui croyaient s'être quittés pour de bon cette année, étaient ravis de prolonger leur amitié.

Rakesh déposa Fred à sa Guest House, l'attendit le temps qu'elle y dépose sa valise, et l'emmena chez lui. Toute sa famille l'accueillit comme à l'accoutumée avec joie, enthousiasme et bienveillance. Cette chaleur humaine, Fred la connaissait aussi grâce à sa famille. Après le décès de son compagnon, puis de sa mère, Nicole, Michel, Eric, Sophia, et Diego, s'étaient montrés si présents pour elle et Alexandre. Elle en avait réellement pris conscience lors de son deuxième voyage, et ce, grâce à cet homme qui l'accueillait aujourd'hui encore à bras ouverts dans sa modeste demeure. Rakesh avait su lui faire ouvrir son cœur, accepter ses émotions, accepter les épreuves du passé, et lâcher prise pour pouvoir enfin apprécier la simplicité de la vie.

*

Le reste de son séjour se divisa en excursions avec Rakesh, rencontres avec ses amis, rencontres féminines avec Kamala, la femme de Rakesh, et ses amies, puis elle déambula, seule, dans différents quartiers de Bangalore. Fred aimait flâner, sans but précis dans les ruelles de la ville, observant la vie, le tumulte, parcourant les marchés colorés, admirant les bicoques modestes faisant place soudainement aux tours d'affaires modernes. Elle se laissait imprégner par l'énergie de ce pays, elle se nourrissait de son allégresse. Fred aimait se plonger dans la cacophonie des rues, ponctuées par les nombreux klaxons, elle se sentait alors tellement vivante parmi cette population.

*

La date du retour en France approchait irrémédiablement, mais Fred n'éprouvait aucune appréhension, elle savait qu'elle allait retrouver son petit havre de paix dans sa Bretagne profonde, elle allait pouvoir s'immerger dans son travail de poterie pendant tout le printemps, pour accueillir ensuite de nouveaux touristes. Son neveu et sa nièce viendraient passer quelques jours de vacances chez elle, peut-être que Nicole et Michel passeraient la voir avec leur nouveau camping-car, et puis, elle avait hâte de revoir Alexandre et Fanny.

Ses valises étaient prêtes, son départ était prévu deux jours plus tard. Fred désirait profiter pleinement de ses derniers moments en Inde. Elle ne savait pas quand elle pourrait revenir, et ne cherchait plus à se projeter, l'avenir ne l'angoissait plus autant qu'auparavant, Fred réussissait désormais à vivre pleinement le moment présent.

Pour la dernière soirée, Rakesh et sa famille organisèrent un repas suivi d'une petite fête en l'honneur de Fred. Tout le monde riait, chantait, dansait. Fred distribua de petits présents aux enfants. Elle leur avait acheté des cerfs-volants très colorés. Les enfants firent éclater leur joie en les découvrant et se mirent sur le toit terrasse pour faire virevolter ces oiseaux de papier.

Fred déposa ensuite les grands sacs contenant des légumes et des pommes de terre qu'elle avait laissés discrètement dans l'entrée lors de son arrivée. Kamala regarda toute cette nourriture, ébahie. Elle s'avança vers Fred et la serra dans ses bras. Une telle gratitude émut Fred, cette famille lui avait tant apporté durant ses deux voyages seule en Inde, elle n'avait trouvé que cette voie pour leur manifester sa reconnaissance.

« Je pars demain, mais vous resterez toujours à mes côtés. Merci pour tout ce que vous m'avez permis de vivre, ici, dans votre fabuleux pays, vous êtes si merveilleux. J'ai déjà hâte de revenir dès que je le pourrai. »

Les larmes de joie mêlées aux larmes des séparations proches commencèrent à brouiller les yeux de Fred, Kamala et Rakesh.

« Tu es toujours la bienvenue ici, nous t'attendrons. »

*

Les adieux de la veille avaient rempli le cœur de Fred d'une profonde bonté. Installée dans l'avion qui la ramenait vers les siens, vers sa maison, elle se surprit à sourire en se remémorant cette fantastique soirée.

Chapitre 14

Sagesse

Malgré le fait d'être déjà venue, Fred se sentait fébrile, elle avait pris la décision de partir si vite après la mort de sa mère. Elle savait que l'Inde ne pouvait que l'apaiser, mais sa timidité innée la mettait encore sur ses gardes. Elle avait prévu un voyage de deux semaines pour cette seconde immersion en Inde, le même temps que son premier circuit. Elle avait jugé que ce temps était suffisant comme elle voyageait seule pour la première fois.

Lors de son départ, son esprit était assez perturbé. Fred ressentait une telle colère, elle ne comprenait pas pourquoi elle avait dû subir toutes ces épreuves depuis dix-sept ans. Ses sentiments différaient de ceux éprouvés à la mort de Marc. A l'époque, elle avait été anéantie, effondrée. La mort prématurée de sa mère la mettait cette fois-ci hors d'elle. Gisèle avait dû lutter pour s'en sortir après son divorce, elle avait fait en sorte que Fred ne manque de rien, se montrant toujours d'humeur positive et joyeuse, alors que Fred l'avait entendue pleurer à plusieurs reprises dans sa chambre. Les deux emplois cumulés avaient épuisé Gisèle. Elle avait bien réussi à lâcher légèrement prise, en partant en vacances et en rencontrant d'autres hommes, mais là encore, Gisèle n'avait pas réussi à leur faire confiance. Les blessures infligées par Joël avaient laissé des traces indélébiles, sans que Gisèle ne réussisse à passer outre. Et maintenant, le cancer l'avait emporté en quelques mois seulement. Fred aurait souhaité que sa mère puisse passer encore de nombreuses années à profiter de sa retraite bien méritée, mais le destin en avait décidé autrement.

*

Fred foula donc pour la deuxième fois la terre indienne. Dès son arrivée, elle commença à douter de ses capacités à voyager seule, avec pour seule compagnie, un guide indien qu'elle ne connaissait même pas. Elle avait obtenu son nom par le biais des réseaux sociaux, et se demandait maintenant si elle ne s'était pas trop précipitée en faisant confiance de la sorte.

En sortant de l'aéroport, elle scruta les personnes présentes, à la recherche de cet homme. Elle ne vit personne lui ressembler et commença à stresser. Fred était là, seule, avec sa valise, en plein milieu de la nuit, quand soudain, un individu vint à sa rencontre. Il tenait un petit écriteau avec le nom de famille de Fred inscrit dessus. Elle le regarda et crut reconnaître son guide.

« Bonjour Madame, je suis Rakesh, votre guide.

- Bonjour Rakesh, enchantée. »

Fred fut enfin soulagée, au moins, son accompagnateur l'attendait comme prévu.

Rakesh lui passa un collier de fleurs autour du cou en lui souhaitant la bienvenue. La fraîcheur des fleurs sur sa peau lui procura une sensation agréable par cette moiteur ambiante.

« Venez Madame, ma voiture vous attend. »

Fred suivit Rakesh, qui l'amena vers une belle voiture blanche. Dès que Fred monta à bord, elle sentit le frais de la climatisation. Malgré la température agréable de la voiture, Fred ne réussit pas à se détendre. Les questions se bousculaient, son esprit refusait d'apprécier les premiers instants de ce voyage.

Rakesh n'osa pas lui parler, s'apercevant de son état de stress avancé.

Il s'arrêta devant l'hôtel, porta les valises jusqu'à la réception, aida Fred pour comprendre le réceptionniste, et lui tendit les clés de sa chambre.

« Je vous attends demain à 9h00, Madame, d'accord ?

- Oui, c'est parfait, merci.

- Bonne nuit.

- Bonne nuit, à demain. »

Fred se dirigea vers sa chambre, s'y engouffra, coupa la climatisation trop forte, regarda rapidement l'ameublement, la salle de bain, puis la vue depuis sa fenêtre. Tout était parfait mais elle n'arrivait toujours pas à se réjouir. Elle s'assit sur le lit, puis soudain les larmes lui montèrent aux yeux. Les sanglots arrivèrent alors, Fred resta sur le bord du lit à pleurer, sans pouvoir se contrôler. Ces larmes représentaient toutes les douleurs, tout le chagrin, tout le désespoir qui s'étaient accumulés tout au fond de son être.

Fred continua de pleurer encore de longues minutes, puis décida de se coucher. Elle se prépara, jeta un dernier coup d'œil par la fenêtre, puis rejoignit le lit. Fred s'endormit, pleine de doutes.

*

Après cette première nuit mouvementée loin de tout, Fred se leva, se dirigea vers la salle de bain, et observa ses yeux gonflés par les larmes de la veille.

Elle prit sa douche, se maquilla légèrement pour essayer de camoufler son visage enflé et atténuer les cernes.

Fred continuait de se poser mille questions sur le bien-fondé de ce voyage. Elle avait l'impression d'avoir agi impulsivement, telle une fuite en avant.

Elle descendit jusqu'à la salle du restaurant, où elle prit un petit-déjeuner très léger, elle n'avait pas vraiment d'appétit.

Puis elle alla s'asseoir dans le petit salon du hall de l'hôtel. Il lui restait une demi-heure à patienter avant l'arrivée de son guide, elle en profita pour envoyer des messages à Alexandre, afin de le rassurer.

Rakesh franchit le seuil de l'hôtel à 9h00 précises. Fred apprécia cette ponctualité, qui n'était pas toujours de rigueur en Inde. Elle se dit qu'elle avait peut-être bien choisi son accompagnateur après tout.

Rakesh commença la visite de Bangalore en emmenant Fred voir les monuments impressionnants de par leur taille, dont le célèbre Vidhana Soudha[4], et la gigantesque statue de Gandhi. Elle put aussi visiter le Palais de Bangalore et ses jardins.

---

[4] Glossaire p. 257

Pour la pause-déjeuner, ils allèrent tous deux dans un restaurant du centre, et Fred eût droit à un plat très épicé malgré sa demande de plat « no spicy ». Elle engouffra par petits bouts le chapati[5] afin de calmer le feu buccal. Rakesh s'amusa de la réaction de Fred envers la cuisine indienne. Pour la première fois depuis son arrivée, Fred rit avec son guide face à cette situation. Lors de son premier voyage, elle avait eu le choix entre la cuisine traditionnelle et la cuisine européanisée, car les hôtels dans lesquels son groupe était descendu avaient l'habitude de recevoir des étrangers. Là, avec Rakesh, Fred était plongée dans la vie réelle indienne, ce qu'elle appréciait davantage.

Rakesh fut heureux de voir sa cliente enfin sourire, il ne savait pas ce qui la traversait, mais sentait bien son désarroi. Ce repas permit à Fred de lâcher provisoirement ses pensées négatives. Cette première journée fut pour elle assez fastidieuse comme elle avait si peu dormi la nuit précédente, mais le programme de son guide la divertit assez pour qu'elle puisse apprécier cette première immersion dans la grande métropole de Bangalore.

Alors que Rakesh la raccompagnait à son hôtel, Fred se surprit à appréhender la future nuit. Elle allait à nouveau se retrouver seule, face à ses tourments.

---

[5] Glossaire p. 257

« C'est ok, Madame, vous avez passé une bonne journée ?

- Oui Rakesh, un grand merci à vous pour cette découverte.

- Vous n'avez pas envie d'aller à l'hôtel ? L'hôtel n'est pas bon ?

- L'hôtel est très bien, mais c'est difficile pour moi de me retrouver seule. »

Rakesh aperçut le visage de Fred s'assombrir.

« Des fois, rester seul est bien, on peut réfléchir et laisser aller les problèmes. »

Fred releva la tête, regarda les yeux de Rakesh se reflétant dans le rétroviseur, cet homme faisait preuve d'une bonne perspicacité.

« Mais des fois, les problèmes sont trop douloureux…

- Alors, il faut les regarder en face sans en avoir peur, ils sont déjà arrivés, c'est du passé. Après, tu dois te demander si tu veux vivre toujours avec les douleurs, ou les arrêter. La vie c'est maintenant, vis la route jusqu'à l'hôtel, vis le repas que tu manges, vis la balade, vis la rencontre avec moi ! »

Rakesh était décidément très sage. Fred resta silencieuse, les paroles qu'elle venait d'entendre étaient si évidentes. Elle restait dans le passé, elle savait qu'elle se refusait de vivre pleinement sans

Marc, elle avait tellement peur de le trahir si elle se laissait aller au bonheur simple.

« Madame, on va boire un petit chaï avant l'hôtel ?

- Avec plaisir Rakesh, appelle-moi Fred s'il te plaît. »

Rakesh lui rendit son sourire.

Fred apprécia ce moment improvisé. Elle ne voyait plus Rakesh comme un simple guide, mais comme une personne bienveillante sur laquelle elle pouvait se reposer. Rakesh, de son côté, remarqua que Fred se détendait enfin légèrement, et pendant la dégustation du chaï, il osa lui demander ce qui l'avait amenée en Inde.

« J'ai déjà fait un voyage en groupe il y a quatre ans, ça m'a aidé à remettre un peu d'ordre dans ma vie, à décompresser. J'ai perdu mon mari jeune, il était tout pour moi. Et là, je viens de perdre ma mère. Ils étaient les êtres qui comptaient le plus pour moi. Il me reste mon fils, c'est tout.

- Moi j'ai cinq enfants vivants, j'en ai perdus deux avec ma femme. Un à la naissance, et l'autre à cinq ans dans un accident dans la rue. La mort fait partie de la vie. »

Ils restèrent tous les deux un moment silencieux, dans leurs pensées respectives, songeant aux confidences de l'autre.

« Je pensais avoir accepté la mort de Marc, mais je me rends compte que je ne m'autorise pas à être heureuse, et le départ de ma mère maintenant… Je n'arrive plus à gérer…

- Il te faut du temps. Tu sais, les morts restent toujours avec nous, et reviennent d'une façon ou d'une autre. La vie nous envoie des épreuves, des gens que tu aimais sont morts, mais toi tu es vivante, et pour honorer tes morts, tu dois arrêter de vivre dans le passé.

- Oui, je sais bien, mais c'est difficile, ils me manquent tellement. »

Sur ces paroles, Rakesh raccompagna enfin Fred à son hôtel.

« Demain, je t'emmène dans d'autres endroits, pas prévus. Tu es d'accord ?

- Ok, je te laisse faire. Bonne nuit.

- Bonne nuit mon amie. »

Seule dans sa chambre, Fred repensa à sa conversation avec Rakesh. Elle avait subi des épreuves, mais Rakesh et sa femme avaient quant à eux perdu deux enfants. Lorsque Fred avait vu Rakesh pour la première fois, jamais elle ne s'était imaginée les souffrances qu'il avait dû endurer. Elle savait également comme la vie en Inde pouvait être difficile, surtout lorsqu'on fait partie des basses castes, ou pire, lorsqu'on est dalit[6]. Malgré cela, Rakesh continuait de prendre la vie du bon côté et surtout vivre le moment présent, sans ressasser les peines passées. Cette belle leçon la fit réfléchir une bonne partie de la nuit.

Fred se colla à la fenêtre de sa chambre, et, tout en observant la rue grouillante de vie, elle laissa sa détresse à nouveau s'exprimer. Elle commença à pleurer doucement, mais n'essaya pas de se retenir cette fois-ci. Tout en laissant les larmes continuer de couler, Fred alla s'installer sur sa terrasse, et regarda quelques photos de sa mère. Elle était si admirative de sa force intérieure.

« Maman, je te fais la promesse d'être aussi forte que toi, et vivre pleinement les moindres petits moments quotidiens, de les apprécier, de les savourer. »

Puis elle osa enfin regarder les photos de Marc. Les sanglots devinrent plus intenses. Elle ne se rappelait plus la dernière fois qu'elle avait osé affronter une photo du seul homme qu'elle avait aimé, cela lui était tellement douloureux.

« Mon chéri, mon amour... Comme tu me manques... J'ai l'impression que tu m'as quitté seulement depuis quelques jours. La vie est dure sans toi, mais je te promets que je vais arrêter de me souvenir seulement de ton absence. Nous

---

[6] Glossaire p. 257

avons tellement vécu de moments fantastiques ensemble. Je vais essayer de te rendre fier. Je sais que tu seras toujours à mes côtés, comme tu me l'avais promis quand j'étais adolescente. Je sais que tu n'aurais pas voulu me voir ainsi, je ne te rends pas hommage comme il le faut. Je me souviens de ta force tranquille, elle m'apaisait tellement. Je te promets de m'en servir pour essayer de m'apaiser à nouveau. Ton regard est si doux, Alexandre te ressemble beaucoup. Rakesh a raison, les signes de ton existence sont là, devant moi, tu les as transmis à travers notre fils. Je t'aime tellement. »

Les larmes coulaient toujours, moins intensément dorénavant. Rakesh avait raison, elle devait vivre le moment présent et enfin se permettre d'être heureuse. Sa résilience pouvait enfin commencer.

Fred prit la décision d'essayer dès le lendemain de profiter davantage des petits moments si magiques de ce fabuleux pays. Cette population avait une philosophie de vie tellement sage, offrant à Fred une sacrée leçon de vie.

Fred regarda soudain l'heure, 21h08 ! Elle n'avait pas vu l'heure passer et eut peur d'avoir loupé le dîner. Elle se dirigea vers la salle de bain, constata ses yeux rougis par les larmes, se passa un peu d'eau fraîche sur le visage et tenta malgré tout d'aller dîner.

La salle du restaurant était vide, elle y entra quand même, et vit un serveur dans l'arrière cuisine. Elle lui expliqua qu'elle n'avait pas encore dîné et demanda l'autorisation de se servir. Le serveur lui répondit par un large sourire.

« Of course Ma'am !! »

Cette gentillesse, cette bienveillance et cette serviabilité étonnaient toujours autant Fred. Vraiment ce peuple était fantastique.

*

Le lendemain matin, Fred se réveilla un peu plus légère. La nuit s'était montrée plus réparatrice que la précédente malgré le peu d'heures de sommeil. Elle avait hâte de découvrir ce que lui réservait Rakesh aujourd'hui.

Rakesh vint dès 7h00, heure prévue la veille. En sortant de l'hôtel, il interpela un rickshaw. Fred et Rakesh y grimpèrent et commencèrent leur épopée mystérieuse. Le trajet plongea Fred dans le tumulte indien, elle était ébahie de cette vie si matinale, et pourtant très active. Fred regardait dans tous les sens, émerveillée, telle une enfant, par les rues et la population. Rakesh la surveillait du coin de l'œil, ravi que cette balade lui plaise autant.

Le rickshaw se gara devant un temple. Rakesh commença à expliquer la visite qu'il lui avait réservée : Dodda Ganesh Temple[7], puis enfin, Bull Temple, le temple de Nandi. Ils commencèrent par s'incliner devant Ganesh, Rakesh récitant quelques mantras de protection, puis se dirigèrent vers de grandes marches menant au temple, entourées de magnifiques jardins. Là, une foule d'indiens se pressait, patientait afin de pouvoir enfin contempler Nandi, symbole de la monture de Shiva.

Durant cette attente, Rakesh expliqua à Fred la création de cette statue de quatre mètres de haut dans un granit gris. Fred se sentit en immersion totale, observant ce temple du XVIème siècle. Elle écouta attentivement les explications de Rakesh sur les pouvoirs de Shiva, dieu de la destruction et de la création, Shiva représentant les remises en question, avec des phases de changement, d'évolutions. Fred comprit qu'elle luttait en permanence contre ce renouveau, pourtant inélucatble. Elle devait accepter ce nouveau cycle et cesser de vivre dans l'illusion. Ce changement, même douloureux, devait se faire.

Lorsque Fred put enfin approcher Nandi, elle fut si impressionnée qu'elle resta inerte devant cette immense masse rocheuse. Elle voyait Nandi

---

[7] Les noms des temples, ainsi que des divinités sont expliqués dans le glossaire p. 257

comme un socle, un symbole de la sagesse. Ce taureau méditatif, enguirlandé de fleurs fraîches, l'apaisa immédiatement. Elle ne put lui murmurer à l'oreille un secret car il était trop imposant et surtout bien gardé, mais elle le fit mentalement. Elle salua la statue par un geste de reconnaissance et laissa la place aux nombreux indiens derrière elle.

Rakesh l'amena vers les jardins, lui demanda de s'asseoir et de fermer les yeux, et commença à réciter quelques mantras. Fred se plongea dans la méditation très aisément, elle se sentait calme. La sérénité de ce lieu la touchait, s'insinuait doucement en elle. La voix calme et enivrante de Rakesh finissait de la rassurer.

Fred continua de méditer lorsque Rakesh eut terminé de réciter les mantras. Ils restèrent ainsi, accompagnés par le bruit des oiseaux, le bruissement des feuilles des nombreux arbres, se balançant nonchalamment. Au loin, l'agitation des indiens, attendant leur tour pour admirer Nandi, s'ajouta à la magie du moment. Le tout formait un équilibre parfait.

« Mon amie, veux-tu continuer la balade ?

- Est-ce qu'on peut rester encore un peu ?

- Oui, bien sûr. »

Fred avait chuchoté aussi délicatement que Rakesh, sortant ainsi à peine de la méditation. Ils restèrent là, tous les deux, les yeux fermés. Fred se sentit entourée par Marc et Gisèle, elle ne lutta pas, accepta de ressentir leurs présences sans s'interroger vainement, jouissant simplement de cet état d'ataraxie qu'elle n'avait encore jamais connu.

Lorsque Fred et Rakesh sortirent du temple, Fred ressentait encore une sorte de béatitude. La cacophonie des rues indiennes ne parvint pas à perturber son apaisement profond. Elle tapota légèrement le bras de Rakesh, qui se retourna vers elle, surpris.

« Je te remercie de m'avoir accompagnée tout au long de cette méditation. Grâce à toi, j'ai compris l'importance de profiter de la vie, je t'en suis très reconnaissante. »

Elle joignit ses mains au niveau de son cœur, baissa la tête, illustrant ainsi son profond respect envers son guide.

« Je te propose quelque chose que je n'ai pas l'habitude de faire : nous allons aller manger chez moi.

- Merci Rakesh, mais je ne veux pas déranger ta famille.

- Ils seront heureux de te connaître.

- Alors, d'accord. »

Fred n'en revint pas d'accepter aussi facilement une telle invitation, elle qui avait sans cesse peur de déranger.

Cette journée fut tellement surprenante, Fred réussit à en profiter pleinement, jamais elle ne s'était sentie aussi vivante. L'accueil chez Rakesh fut haut en couleurs, chacun étant aux petits soins pour elle.

Lors du repas, Fred demanda à Rakesh de lui faire découvrir le quotidien indien durant les jours prochains, elle ressentait le besoin de partager leurs habitudes, leurs traditions, elle souhaitait se mêler à eux et ne plus faire seulement du tourisme du base.

*

Cette semaine au sein de Bangalore fut encore plus fantastique que Fred n'avait pu l'imaginer. Rakesh l'emmena rendre visite à des amis, elle découvrit leurs métiers, observa leurs gestes, s'émerveilla de leur savoir-faire, admira leur endurance et leur joie de vivre si communicative.

L'une des activités à laquelle Fred participa la conquit d'emblée. L'art de la poterie, pourtant si peu reconnu en Inde, la fascina. Elle put essayer de façonner quelques petites pièces, la patience et le calme de Biju, le potier, l'aidèrent à prendre confiance en elle. Fred put pétrir l'argile, tourner des petits pots, s'essayer à leur donner de nouvelles formes. Elle se concentra tellement pendant cette activité qu'elle ne se rendit pas compte que la journée s'était écoulée. Lorsque Rakesh vint la prévenir qu'il était temps de rentrer à l'hôtel, Fred fut déçue de devoir partir.

Pendant le trajet du retour, Fred resta silencieuse.

« Ça va Fred ?

- Oui, merveilleusement bien. Tu me fais revivre, je suis si heureuse de t'avoir choisi pour découvrir ton pays.

- Je suis heureux de te connaître aussi, tu t'intéresses à nous, c'est la première fois que j'ai une cliente comme toi, j'en suis très honoré. »

Chapitre 15

Retour

Fred vivait toujours l'arrivée en France comme un choc brutal, même si ce dernier voyage n'avait été nullement une esquive comme avaient pu l'être ses deux précédents périples en terre indienne. Passer d'un peuple ouvert, altruiste, à un peuple fermé, arrogant, lui demandait toujours un temps d'adaptation. Fred n'avait qu'une hâte dès son retour à Paris, retrouver sa Bretagne sauvage et authentique.

Près de vingt heures s'étaient écoulées depuis son décollage de Bangalore lorsque Fred arriva à Brest. Dans le hall de la gare, elle reconnut au loin Alexandre et Fanny. Malgré la fatigue et sa valise encombrante, Fred pressa le pas, presque à courir, se jetant dans les bras de son fils et sa belle-fille.

« Qu'est-ce que vous faites là ?

- On voulait te faire la surprise !

- C'est réussi ! Je suis tellement contente de vous voir ! »

Arrivés dans la petite maison de Fred, Alexandre invita sa mère et sa compagne à s'asseoir, prit les valises, les apporta dans la chambre, et commença à préparer le thé à la vanille.

« Je prépare le thé, mais tu veux peut-être te reposer ? On va boire le thé, et faire un tour pendant que tu te reposes si tu veux.

- Oh non, hors de question, je veux profiter de vous ! Nous pourrions aller faire un petit tour ensemble plutôt, j'ai hâte de revoir la mer. »

*

A peine arrivée au niveau de la cale, Fred s'arrêta, fixa l'étendue marine parsemée de ces énormes blocs rocheux. Ce paysage était si réconfortant. Fred sentit le vent léger sur son visage, elle s'emmitoufla davantage dans son gros chandail et son écharpe.

« Comme j'aime cet endroit… Ça vous dit d'aller jusqu'au phare ?

- Tu n'es pas trop fatiguée ?

- Ça va ! On peut déjà aller jusqu'au Crémiou, on décidera alors si on continue ou pas ?

- D'accord ! »

Parvenus au Crémiou, Alexandre passa son bras dans celui de Fanny et regarda sa mère.

« Maman, si nous sommes venus te chercher c'est aussi parce que nous avons une nouvelle à t'annoncer. »

Fred les regarda tous les deux, surprise.

« Je suis enceinte !!

- Oh !! C'est formidable !! »

Ils se serrèrent tous les trois, s'embrassèrent.

« C'est prévu pour quand ?

- Octobre.

- En automne, parfait.

- Pour fêter ça, on t'invite au restaurant ce soir, enfin si tu n'es pas trop fatiguée.

- Avec plaisir ! Je me reposerai les prochains jours !! »

Chapitre 16

Libération

Lorsque Fred revint de son deuxième voyage en Inde, elle reprit rapidement son travail et sa routine. Bientôt, elle éprouva le besoin de sortir de son quotidien. Une idée obsessionnelle la travaillait, elle appréciait son travail mais ne s'épanouissait plus réellement. Elle réfléchissait à son avenir, rêvait de s'évader de cette ville qui l'oppressait de plus en plus. Alexandre et Fanny vivaient maintenant à Rennes, Fred se disait qu'elle pourrait peut-être partir elle aussi. Seuls Nicole et Michel la retenaient ici, mais depuis quelques mois, ils prenaient de plus en plus de vacances prolongées.

*

Fred se mit à surfer sur le net à la recherche de cours de poterie. Son expérience vécue en Inde l'avait profondément marquée, elle rêvait de pouvoir s'améliorer et se plonger dans cette activité. Le peu de cours qu'elle trouvait étaient excessivement chers, ou avaient lieu dans une maison de quartier pendant ses heures de travail. Fred commença à désespérer de trouver quoi que ce soit autour de chez elle. Elle persista malgré tout à poursuivre ses recherches, et découvrit une formation de CAP tournage en céramique. Elle trouva cette idée intéressante, elle se voyait bien apprendre ce métier qui pourrait devenir une activité professionnelle annexe. Mais, pour le moment, elle souhaitait surtout apprendre en tant qu'amateur. Elle élargit sa recherche et trouva enfin des cours à un prix abordable à une trentaine de kilomètres de chez elle.

*

L'année scolaire suivante démarra, Fred était excitée comme lorsqu'elle était petite, car elle allait commencer les cours mensuels de poterie. Elle redevint très studieuse et attentive durant les deux heures d'enseignement, qu'elle trouvait à chaque session trop courtes.

Pour Noël, elle s'offrit un tour de potier afin de s'exercer davantage. La passion qu'elle avait ressentie en Inde se décupla grâce aux techniques qu'elle apprit. Le soir, après son travail et le repas, elle pouvait s'isoler des heures devant son tour.

Elle se déconnectait totalement, créant, ratant, persévérant, mais surtout, s'épanouissant.

Après un an de cours, Fred décida de débuter la formation pour le CAP. Elle retrouva facilement toutes les informations dénichées auparavant, et s'y inscrivit. L'apprentissage s'avéra assez pointu, mais Fred ne lâcha rien. Malgré les échecs, elle s'acharna, travaillant de plus bel. D'après son formateur, Fred était apte à passer le CAP en candidat libre, mais elle doutait de son niveau. Malgré l'appréhension, elle tenta l'examen, qu'elle réussit. Elle fut si fière de s'être obstinée.

Elle commença à vendre ses premières pièces lors de marchés nocturnes estivaux et fut agréablement surprise des retours des passants et des chalands.

Fred se mit à rêver de pouvoir vivre de sa nouvelle passion. Son rêve de petite fille était toujours présent, dans un petit tiroir de son cerveau : posséder sa propre boutique, non pas de vêtements comme elle l'avait imaginé à l'adolescence, mais de poterie. Maintenant qu'elle s'épanouissait dans la céramique, Fred se mit en tête de rechercher un petit local pour un changement total d'activité.

Fred adorait Guérande, il s'en dégageait une ambiance très intime, les remparts lui donnaient un air de cocon douillet, rassurant. Elle avait espoir de dénicher une petite boutique, avec, pourquoi pas, un logement au-dessus. Elle avait de plus en plus de mal à rester dans son appartement, dans une ville devenue triste, sans attrait, avec une violence urbaine croissante au fil du temps.

En parallèle, Fred regardait les annonces locatives du côté de son lieu de prédilection depuis son enfance. Le Finistère Nord ne cessait de l'attirer, depuis toujours, elle ne cessait de répéter qu'elle aimerait y vivre définitivement.

Maintenant qu'elle avait créé une petite collection de vaisselle et d'objets décoratifs, Fred tenta d'obtenir une boutique dans le village de Meneham, ce petit hameau qui l'avait vue grandir. Son dossier constitué, elle l'envoya, stressée d'oser s'aventurer, mais aussi avec l'appréhension de n'obtenir qu'un refus.

L'été prit fin, Fred se replongea dans sa routine, avec comme échappatoire durant tout l'automne, la création de nouvelles pièces. L'ancienne chambre d'Alexandre s'était vite transformée en atelier, les étagères s'emplissaient tranquillement de poteries. Le four qu'elle louait, était au moins rentabilisé. Elle s'inscrivit à quelques marchés de Noël, cumulant ainsi son travail dans la semaine, et sa passion pendant quelques week-ends.

Fred continuait de réfléchir à son envie de changement et d'indépendance. N'ayant pas encore obtenu de réponse pour Meneham, il lui était difficile d'envisager de démissionner de son poste actuel.

En ce début janvier, alors que Fred commençait les démarches pour s'inscrire aux différents marchés estivaux et nocturnes près de chez elle, elle reçut enfin une lettre avec l'entête de Kerlouan. Son cœur se mit à battre, tout en n'osant croire en une réponse positive. Fred hésita à ouvrir ce courrier, la crainte de découvrir la fin de son rêve était si forte. Elle posa l'enveloppe sur la table du salon, s'assit au bord du canapé, toute tendue. Elle prit une grande inspiration, se rendit compte que ses mains tremblaient. La gestion de ses émotions était toujours ardue lorsqu'elle devait affronter une éventuelle déception. Elle expira doucement, tentant de réduire la pression qu'elle s'infligeait. Puis elle ouvrit enfin l'enveloppe, déplia méticuleusement le courrier et commença à lire.

Fred reposa la lettre après l'avoir lue trois fois, incrédule. Elle avait osé le rêver, jamais elle n'avait espéré réussir dès sa première demande. Pourtant, le courrier stipulait bien qu'elle pouvait installer sa petite boutique, et ce, dès le mois de mars ! Après le doute, l'angoisse commença à s'emparer quelque peu d'elle. Soudain, des milliers de questions se bousculaient. Comment allait-elle faire pour aménager au mieux la boutique ? Elle allait devoir fouiner dans toutes les brocantes qu'elle trouverait, devoir installer des étagères, trouver un comptoir, acheter des luminaires. Le plus urgent était de trouver un logement sur Kerlouan ou aux alentours, ce qui engendrait son déménagement, mais aussi quitter son travail. Elle réalisait que sa vie allait foncièrement se transformer. Quitter sa zone de confort était plus laborieux qu'elle ne l'aurait pensé.

Fred se reprit, alla chercher son bloc-notes, et commença par lister toutes les tâches auxquelles elle pensait pour l'instant. Au fur et à mesure que la soirée s'écoulait, ses listes s'allongèrent frénétiquement.

*

Lors du premier week-end de février, Fred prit la direction de Kerlouan, elle y avait loué une petite chambre d'hôtel non loin de là afin de prospecter directement sur place en vue de dénicher un petit logement. Cette région avait un effet apaisant instantané sur elle. Dès qu'elle commença à arpenter les rues de Kerlouan, elle se sentit chez elle. La pression due à son futur changement de vie diminua considérablement. Elle sentait qu'elle avait fait le bon choix, même si une multitude de démarches restait à faire.

Dès que Fred apercevait un panneau sur la devanture d'une maison, ou sur le muret, elle s'arrêtait, le prenait en photo, appelait pour glaner le plus d'informations possibles. Elle sillonna ainsi toutes les petites routes de campagne aux alentours de Kerlouan, et poursuivit ses recherches dans un rayon d'une vingtaine de kilomètres. Le dimanche après-midi, juste avant de partir, elle décida d'aller se promener une dernière fois le long de la plage de Meneham.

Prête à partir, elle fit un léger détour par les rues de Theven, et remarqua une petite maison aux murs de pierres apparentes avec, sur le portail, un panneau « à louer ». Fred se gara sur le bas-côté, prit le panneau en photo, et tenta de téléphoner malgré le fait d'être un dimanche. Au pire, elle laisserait un message. A sa grande surprise, un homme répondit après seulement deux sonneries. Fred expliqua être devant la maison et avoir vu le panneau par hasard. Etait-ce juste de la chance ou le destin ? Le propriétaire habitait la maison voisine et se proposait de lui faire visiter la maisonnette immédiatement. Fred tomba aussitôt sous le charme de cette ancienne bergerie, certes petite mais très suffisante pour elle seule.

Chapitre 17

Ressemblance

Lorsque Fred vit le nom d'Alexandre s'afficher sur son portable ce soir d'octobre, elle décrocha immédiatement.

« Maman ? Ça y est, tu es mamie !!

- Comme je suis heureuse !! C'est un garçon ou une fille ?

- Un garçon !! Il s'appelle Paul.

- Paul, très joli ! Et Fanny, elle va bien ? Tout s'est bien passé ?

- Oui, tout s'est bien passé !

- Félicitations à vous deux !! On vient vous voir demain, j'ai hâte de voir mon petit Paul !!

- D'accord ! Je te laisse Maman, à demain.

- A demain mon chéri. »

Fred raccrocha, les larmes aux yeux. Elle était grand-mère ! Elle entendit frapper discrètement à sa porte de chambre.

« Excuse-moi Fred, j'ai cru t'entendre parler.

- Oui Nicole, c'était Alexandre, ça y est, le bébé est né ! Un petit Paul, tout s'est bien passé ! »

Les deux femmes s'enlacèrent, émues l'une comme l'autre.

« Viens ma fille, on va papoter dans la cuisine ! Je vais prévenir Michel. »

*

Fred, Nicole et Michel arrivèrent dès 13h00 devant la maternité. Ils rentrèrent doucement dans la chambre, découvrant Alexandre tenant Paul dans ses bras, et Fanny se reposant dans le lit. Ce charmant tableau les émut profondément.

Lorsque Nicole se pencha au-dessus de Paul, elle ne put retenir quelques larmes.

« Comme il ressemble à Marc ! C'est tout lui ! »

Michel se pencha également et acquiesça. Fred vint à son tour, auprès d'Alexandre. Ce petit être blotti tout contre son père la remplit de bonheur.

« Tu veux le prendre Maman ?

- Je peux ?

- Bien sûr ! »

Dès que Fred prit Paul dans ses bras, elle se mit à le serrer délicatement contre elle, l'embrassa doucement. Paul émit quelques petits gémissements et se recroquevilla davantage contre sa grand-mère. Fred caressa prudemment la petite chevelure du nouveau-né, et repensa à la discussion qu'elle avait eue avec Rakesh quelques années auparavant. Il lui était difficile de reconnaître quelques traits de Marc à travers cet enfant, mais elle admit que son compagnon vivait en lui, tout comme Gisèle et toutes les personnes présentes dans la chambre. La magie de la vie se perpétuait.

*

Après le dîner, Nicole sortit la boîte en métal regroupant toutes les photos de famille. Elle posa plusieurs paquets sur la table de la cuisine et commença à fouiller. Lorsqu'elle trouva les photos de Marc bébé, elle les étala.

Nicole appela alors Fred et Michel qui étaient dans le salon, et lorsque Fred découvrit les photos, elle fut saisie par la ressemblance entre Marc et son petit-fils Paul. Les yeux embués, elle se tourna vers Nicole.

« Tu as raison, la ressemblance est frappante.

- Oui, c'est fou ! Je suis contente de revoir mon fils à travers mon arrière-petit-fils.

- Moi aussi je suis heureuse que Marc soit toujours parmi nous de cette façon. »

La terrible meurtrissure laissée par la disparition de Marc put enfin cicatriser grâce à la venue de ce petit être innocent. Plus Paul grandissait, plus il ressemblait à son grand-père défunt.

Après la sortie de la maternité pour Fanny et Paul, Fred était retournée dans sa Bretagne sauvage. Fanny, Alexandre et Paul étaient quant à eux repartis vivre sur Rennes, Fanny ayant préféré accoucher à Saint-Nazaire afin d'être proche de sa famille et de sa belle-famille.

Fred voyait régulièrement Paul à travers les visio-conférences qu'ils organisaient, et s'octroyait quelques jours par mois pour aller rendre visite à la nouvelle petite famille.

*

Au cours de l'année, Fred fit la rencontre d'une personne âgée venant régulièrement dans sa boutique. A force de se voir souvent, elles commencèrent à papoter de plus en plus, à se connaître davantage. Un jour, Marthe vint avec une vieille soupière cassée. Elle confia à Fred que cette soupière avait auparavant appartenu à sa grand-mère. Elle aurait souhaité pouvoir la recoller mais n'avait jamais osé le faire, de peur de l'abîmer davantage.

« Il existe une méthode japonaise qui consiste à colmater les fissures en or. Si vous voulez, je peux me renseigner, voir si quelqu'un peut vous le faire.

- Oh, je pensais que vous pourriez peut-être le faire, vous.

- Je connais le nom de cette technique, mais je ne l'ai jamais faite.

- Pourriez-vous essayer pour moi ?

- Je veux bien me renseigner, mais je préférerais m'exercer sur des objets moins délicats. Je vous tiens au courant, promis. »

Le soir même, Fred glana le plus d'informations possibles concernant le Kintsugi, cet art japonais qui a le don de sublimer une poterie qui a été brisée. Elle aimait cette idée de pouvoir redonner vie à un bel objet, de l'améliorer, grâce à des jointures en or.

Fred fit le parallèle avec sa vie, ses blessures, les colmatages réguliers dont elle avait pu bénéficier tout au long de ces vingt dernières années : tout d'abord l'amour inconditionnel de ses proches, ensuite ses voyages en Inde, et puis dernièrement, la naissance de Paul. Tous ces événements l'avaient aidée à panser ses blessures, l'avaient portée, la rendant plus forte, plus sereine, puis apaisée.

L'idée germa chez Fred, puis elle décida tout d'abord d'acheter un kit afin de tester la technique de Kintsugi. Le résultat n'était pas aussi fin que les poteries japonaises, mais pour une première, Fred était assez satisfaite. Elle choisit alors de suivre une formation pour s'améliorer, afin de proposer de nouveaux services à sa clientèle.

Sa première cliente fut bien sûr Marthe avec sa soupière. Fred travaillait le soir, seule, afin de se concentrer et de mettre tout son cœur pendant la réparation des objets. Cet art lui réclamait encore plus de patience, encore plus de concentration que la poterie, elle pouvait y passer des heures sans s'en rendre compte.

A force de passer plus de temps dans son atelier que dans sa maison, elle remarqua un chat faisant le tour de son terrain. Ce chat restait à l'écart, l'observait au loin, restant quelques fois plus longtemps, s'allongeant tel le sphinx, puis fermant les yeux, immobile. Fred commença à lui parler, le chat l'écoutait mais refusait toujours de s'approcher. Un soir, le chat se permit un léger passage près de Fred, puis alla s'installer à sa place habituelle.

« Tiens, te voilà. Je me demandais si tu allais venir ce soir, tu es plus tard que d'habitude. »

Le chat ouvrit alors ses yeux et miaula timidement.

« Ça y est, tu veux bien me parler. Il faut que je te trouve un nom, pour que l'on devienne amis alors. Je vais réfléchir, dès que je trouve, je te préviens. »

Le chat posa sa tête, s'endormit peut-être, resta ainsi tout le temps que Fred travailla, puis partit en même temps que Fred rentrait chez elle, en pleine nuit.

Le lendemain soir, Fred s'installa dans l'atelier et attendit impatiemment le chat. Elle se demandait pourquoi il n'était pas encore là, quand, soudain, elle le vit à seulement à quelques mètres d'elle.

« Bonjour… Tu te décides enfin à venir me voir plus près. Je t'ai trouvé un nom… Patchouli ! J'espère qu'il te plaît. »

Le chat s'avança encore un peu, prudemment, fixant toujours Fred, puis vint se frotter à elle.

« Apparemment, ça te plaît, alors je t'appellerai Patchouli. »

Fred enleva son chandail et le déposa au sol, tout près de ses pieds.

« Si tu veux t'installer, je t'en prie. »

Patchouli surprit Fred en se dirigeant vers son chandail, pataugeant, ronronnant.

Les deux nouveaux amis continuèrent la soirée côte à côte, silencieusement, comme seul bruit, les gestes de Fred réparant consciencieusement une théière bien abîmée.

Glossaire

Breton

Kig Ha Farz : « viande et farce ». Plat régional du pays de Léon (Finistère Nord), pôtée réunissant du bœuf, du porc, des légumes (choux, pommes de terre, carottes), et une farce de blé noir cuite dans le bouillon.

Indien

Chapati : pain sans levain en forme de galette.

Dalit : Ce terme peut se traduire par « opprimé ». Il désigne les populations hors castes, comme les intouchables, en deçà d'une barrière d'impureté. Ces populations sont généralement employées à des tâches mal rémunérées, pénibles, ou celles considérées comme les plus polluantes dans le système de valeur hindou.

Idli : petits gâteaux de riz et lentilles blanches cuits à la vapeur.

Kolam : motif géométrique tracé quotidiennement à l'aide de poudres de riz colorées à même le sol devant les portes des habitations.

Lieux

Bull Temple : ou Nandi Temple. Un des temples le plus vieux de Bangalore, construit en 1537 par Kempe Gowda (fondateur de Bangalore). Temple dédié à Nandi, le taureau sacré, monture de Shiva.

Dodda Ganesh Temple : Temple dédié à Ganesh, situé au pied du Bull Temple à Bangalore.

Vidhana Soudha : Siège du pouvoir législatif de l'Etat du Karnataka situé à Bangalore.

<u>**Divinités**</u>

Ganesh : Fils de Shiva, Ganesh est l'un des dieux hindous les plus populaires. Ce dieu à tête d'éléphant, bienveillant et protecteur, est invoqué afin de détruire tous les obstacles pouvant se dresser lors d'un commencement d'activité importante.

Nandi : Monture de Shiva, représentée par un taureau couché. Dans la mythologie hindoue, il est dit que quiconque a un secret ou un problème à élucider, peut le chuchoter à l'oreille de Nandi pour qu'il soit exaucé

Shiva : Dieu hindou faisant partie de la Trimurti avec Brahma et Vishnu. Shiva symbolise les pouvoirs opposés de la création et la destruction, représentation de différents cycles. Shiva est l'un des dieux les plus puissants, son nom signifie « bienfaisant, celui qui porte bonheur ».

Sommaire

Remerciements

Pour cette nouvelle édition, il me semblait important de nommer les lieux tels que je les avais prévus lors de la première écriture de mon manuscrit.

Je remercie très chaleureusement la Ville de Guérande, de me permettre, à travers ce roman, de lui rendre ainsi hommage.

Merci à Philippe Lemele de m'autoriser à nommer le « Café du Centre » de Guérande, lieu emblématique intra-muros.

Merci à « Tourisme Côte des Légendes, Nord Bretagne », de me permettre d'évoquer mon Meneham et ses alentours, si chers à mon cœur.

Je remercie enfin Frédéric Giraud, patron du « Bistrot des Légendes », bénéficiant d'un cadre exceptionnel au sein même de l'ancien village de Meneham.